Un amor en la calle del Pez

OTROS ÁMBITOS| **B**erenice

Un amor en la calle del Pez

JAVIER ZAPATA

Berenice

© Javier Zapata Cirugeda, 2022
© Editorial Almuzara, s. l., 2022
www.editorialberenice.com

Primera edición: abril de 2022
Colección Otros ámbitos

Director editorial: Javier Ortega
Diseño y maquetación de Manuel Montero

Impresión y encuadernación:
Gráficas La Paz

ISBN: 978-84-17828-82-0
Depósito Legal: CO-578-2022

Impreso en España/*Printed in Spain*

*Para Inma, mi madre y aquellos de los que aprendí
todas las canciones y la mayoría de las cosas.*

ÍNDICE

PARTE I:
IDAS Y VENIDAS

No te empeñes en saber,
que el tiempo te lo dirá,
que no hay nada más bonito
que saber sin preguntar.

F. García Lorca, *Poemas*

—Sácales una foto, creo que son artistas.
¡Venga ya! Solo son unos niños.

Patti Smith, *Éramos unos niños*

1.
Una historia no tan larga

Fools in love, well are there any other kind of lovers?
Fools in love, is there any other kind of pain?

Joe Jackson, «Fools in love»

IRENE

Aterricé en Madrid para romper ataduras con el idiota de mi primer novio, cansada de mis amigas, pero, sobre todo, harta de mi madre.

Mi padre nos había dejado plantadas un año y pico antes. No tuvo la valentía de explicarme por qué se marchaba. Siempre lo preferí a él y me traicionó. El podía dejar a mi madre, que nos traía por la calle de la amargura, o a mi hermano, que hacía su vida, pero no a mí. Que cambiara de mujer si quería... pero no podía cambiar de hija.

En aquella época, mi madre andaba trastornada. Por fin iba a exponer en una sala de la capital. Había estudiado Bellas Artes, pero, desde su boda, pintaba poco. Un amigo le pidió que colgara sus cuadros en su bar y, algo después, los presentó en algún hotel de la playa. Cuando, en aquel primer verano solas,

13

empezó a vender sus paisajes a los turistas, se animó a dar el siguiente paso. Estaba obsesionada con lo buenas o malas que fueran sus obras y con lo que tuviera que cobrar por cada una. Alquiló una sala de techos altos, paredes neutras y un suelo de linóleo a prueba de compuestos químicos. Allí era feliz, en su cielo particular, en el que no cabíamos nosotros, arrinconados en nuestro mezquino infierno doméstico.

Su ausencia fue peor para ella que para mí. ¿Qué hacían dos tristes mujeres, abandonadas en el mismo barco a la deriva?

Ella encontró su vía de escape en el arte y yo hice lo mismo rumbo a Madrid. Después de la marcha de mi padre, estaba loca por irme. Además, para mis migrañas debía cambiar de horarios de sueño y, sobre todo, de aires. Mi madre me dijo que ni hablar. La península estaba demasiado lejos y yo todavía más verde. Me faltaba un hervor. Pero el mal rollo de mis amigas, el apoyo de mi hermano y mi humor de perros la convencieron. Mis abuelos encontraron una residencia para mí. Y, para que no hubiera dudas, me presenté en Madrid al examen de ingreso en la escuela de ingeniería del ICAI. No me admitieron, pero, al final, entré en la Politécnica.

Me costó algo hacerme a Madrid, con sus prisas y sus empujones. La gente no se saludaba en el autobús y en el metro te arrollaban. Los coches pitaban en los atascos. Todo era más grande y las distancias, enormes. No había nada cerca. Pero me gustaba el ambiente cosmopolita y la libertad del anonimato. Estrenaba una vida en la ciudad, repleta de oportunidades, sitios y sorpresas.

Recompuse la autoestima nada más llegar a clase. Mis compañeros me decían que les gustaba mi acento —creo que era su manera de ligar— y me invitaban a sus fiestas. Siempre había una. No iba a todas, porque no había salido de mi tierra para pasarme las noches de desfase.

En abril, un profesor avinagrado me soltó en el pasillo, delante de todo el mundo:

—Usted podrá triunfar en lo que quiera y seguro que no le va a faltar ni trabajo ni suerte, pero para eso no necesita ser ingeniero.

Al año siguiente dejé la Politécnica y empecé Derecho en la Complutense. Hice amigas enseguida y me puse a salir con un chico de segundo que estaba bastante bueno. Me gustaba la carrera, aunque luego el Romano se me atragantara. «No hay verano sin Romano».

En clase decían que yo había nacido con novio. Por aquella época tenía siempre uno y una lista de espera, porque me duraban poco. Una noche me enrollé por pena con mi mejor amigo y fue horroroso romper después. Lo nuestro no iba a ninguna parte.

El día de la fiesta de la primavera, mis amigas y yo nos quedamos en el bar de la facultad. No teníamos clase o no pensamos que tuviéramos que ir. Allí, entre los mayores que jugaban al mus, lo vi.

Manu era moreno, de ojos oscuros y boca más bien grande. Delgado, aunque de constitución fuerte, tirando a alto, pero sin destacar. Sin destacar en nada, decía él para hacerse el interesante. Tenía labios carnosos. Cuando te besaba, te cortaba la respiración. Era lo que más iba a echar de menos. Tenía pinta de yerno saludable, de los que gustaba más a las madres que a las hijas.

Empecé a encontrármelo mucho. No se perdía una fiesta. Me di cuenta de que le gustaba, aunque tratara de disimular. A mí también me hacía gracia. Una noche, con una copa de más, más fingida que real, le pregunté por qué no me hacía ni puñetero caso. Cuando nos pusimos a bailar, dice que le di un besazo, pero juraría que fue él. De lo que no hay duda es que dejamos claras nuestras intenciones, entre nosotros, a nuestros amigos y al pobre de mi novio del momento. Se me había olvidado que estaba y no volvió a dirigirme la palabra.

Le dije que tenía todo lo que me gustaba en un tío. Aunque me cueste reconocerlo, lo sigue teniendo.

Al mes decidimos irnos a vivir juntos. El primer día me puso un montón de música desconocida. Iba a ser el *soundtrack* de nuestra vida. Me enseñó a disfrutar la música, por sí misma, sin que tuviera que servir para algo. Descubrí un mundo mágico que ahora es mío. Eso se lo tengo que agradecer.

Ensimismados en nuestro ático de la calle del Pez, cerrábamos la puerta y, debajo de la sábana, flotábamos solos en el universo. Mientras, Manu, como le empecé a llamar entonces, se inventaba todo un mundo para mí, lleno de historias inverosímiles y geniales.

Entró en un despacho de abogados. Dejó de jugar al mus y se compró una acústica Martin. Cuando estábamos juntos, me olvidaba hasta de fumar. Resplandecíamos. Me compuso una canción y luego otra y otra. Antes tenía la misma canción para todas sus amigas, a la que le cambiaba el nombre cada vez. Le dije que era muy mala. No era verdad. Grabó algunas nuevas. Me sentía orgullosa. Éramos ricos, aunque no tuviéramos un euro para irnos de viaje. Nos teníamos enteros a nosotros. La vida, con sus problemas, era algo que le pasaba a los demás.

Manu empezó a trabajar a destajo y a ganar más dinero, sin tiempo para gastarlo.

De pronto, se le olvidaron las canciones y dejamos de cantar.

Acabé la carrera un mal día para enviar el currículum. Tenía más difícil conseguir un curro que me pidieran matrimonio. Después de unos meses sin saber qué hacer, decidí empezar a estudiar unas oposiciones, como había hecho Manu antes de conocerlo. El temario no era largo, pero sí soporífero. Mis cefaleas empeoraron. Él me cuidaba cuando podía, pero nunca estaba. Pasé unos meses sola, aburrida como una ostra. Un día me marché con mis dolores y mis libros.

Cuando volvía a Madrid, nuestros reencuentros eran fabulosos. En vacaciones vino a recogerme y nos perdimos por las islas. Pero nos veíamos cada vez menos. Dejé toda mi ropa y mis cosas en casa de mi madre. «Era más práctico», dije. La utilidad acabaría con el hechizo. La verdad es que me había quedado sin casa. La de mi madre no era la mía y la de Manu cada vez lo era menos.

En uno de mis primeros viajes de vuelta, se sentó a mi lado un chico que vivía en la otra punta de la isla. A la semana, el *nota* vino a ver si tenía algo que hacer conmigo. Le quité la idea, pero me encantó que lo intentara.

Encontré a mis antiguas amigas peor de lo que las dejé. Era como si, por ellas, hubieran pasado muchos más años. Poco quedaba de las cabras locas que habían sido. La vida las había echado a perder. Ni el tiempo ni el sol tienen compasión. Quemadas, solas, aburridas y chismosas. Alguna con un hijo. Otras, en relaciones complicadas. Todas, en trabajos precarios.

Sin darnos cuenta, Manu y yo llenamos la casa de muebles y cachivaches, compromisos y líos. Cuando quisimos entrar, no cabíamos nosotros. Las mejores páginas de nuestra historia ya se habían escrito.

Se lo dije:

—Vamos para atrás como los cangrejos.

Manu no me hizo caso. Se olvidó de que le había tocado la lotería. La realidad le estalló en la cara cuando le solté que no volvería, porque había llegado el tiempo de pensar por los dos. Quizá lo que le dije fue que tenía que pensar por mí.

No fue justo que Manu se echara toda la culpa. No fui leal con él, pero no podía contárselo y... casi era mejor que me odiara.

¿Qué otra cosa podía hacer? Ya no podía defraudarles. La vida nunca sale gratis y, en la mía, no había vuelta atrás.

2.
Una almohada y unos cuantos años

Do you know that tonight the streets are ours...
These lights in our eyes, they tell no lies

Richard Hawley, «Tonight the Streets Are Ours»

MANUEL

Irene vivía en una residencia que tenía sus reglas. Ahora veo que ni tantas ni tan raras. Que llegáramos un martes de madrugada, o que me quedara hasta el amanecer... no les gustaba.

Un sábado por la noche cuando salía de casa, le pedí que no se fuera. Desde el descansillo de la escalera, se disculpó con una sonrisa.

Al día siguiente, mientras paseábamos por El Rastro, me dijo que no podía dormir sin su almohada. Esa semana, compré la mejor que encontré, pero no le convenció. El viernes apareció en casa con su almohada bajo el brazo. Me dio un vuelco el corazón. Su imagen fue para mí la más genuina declaración de amor.

En el descomunal manojo de llaves de mi abuela, la mayoría inservibles, aparté las originales del portal y del piso. Salí temprano para hacer unas copias y se las dejé en su lado de la cama cuando se levantó. Ya no volvió a su residencia.

Mi casa no era nada del otro mundo, pero estaba en mitad del nuestro. Al menos, cerca de todo lo que queríamos. Allí habían vivido mis abuelos. Mis padres decían que necesitaba muchos arreglos. Décadas de desidia y desconchones que no reparamos. No teníamos dinero para apaños, ni éramos unos manitas. Si una puerta no encajaba, la entornábamos. Tampoco había tantas puertas y nos sobraban todas. Las paredes necesitaban una mano de pintura desde tiempo inmemorial. Entre escoger el color, acertar con los rodillos y las brochas, y limpiar lo que dejábamos perdido con el besuqueo, tardamos semanas en pintarlas de añil.

Nos pasábamos los días en el dormitorio, delante de la terraza a la calle y sobre un frío suelo de baldosas, un mar helado y mortal del que nos salvaba la cama enorme que compramos. Bailábamos nuestras canciones sobre ella. Las cantábamos a gritos, aunque nos inventáramos las letras. Reventamos el colchón. Entre semana nos levantábamos pronto y, con un café bebido, corríamos a la facultad. Le compré un casco para llevarla en la moto. Era la única de su curso a la que un profesor llevaba a clase.

Andábamos justos de dinero. Su madre dejó de pagar la residencia y apenas le enviaba nada. Y lo mío de profesor daba para vivir con la sobriedad de un camello del desierto. Ya se sabe: lo de la universidad es vocacional. Me decía «contigo, pan y cebolla» y se reía. Y, con las risas, siempre acabábamos igual.

Jugábamos el día entero. Buscábamos palabras en el diccionario y nos inventábamos su significado. Imaginábamos adivinanzas absurdas con los ojos cerrados, que abríamos para reírnos de las ocurrencias de cada uno. Tenía cosquillas. Nos disfrazábamos. Colgamos un espejo gigante para hacernos fotos juntos.

Algunas noches íbamos de bares, en los que siempre encontrábamos a alguien. Las copas con música, en la planta de abajo del Honky Tonk, o en la de arriba de La Vía Láctea. Los conciertos de madrugada en El Sol. Aunque con nuestros discos en casa teníamos bastante. Los vecinos eran comprensivos. La vecina sorda de abajo, la mejor. No se enteraba de nada, ni falta que hacía.

Mi vida se había vuelto mágica. Lo más trivial era una aventura: comprar la comida en el mercado o una botella en la bodega. Colarnos en los soportales para llenarnos de besos y manosearnos. Todo era perfecto. La vida soñada.

Los días se sucedían brillantes y por la noche nos queríamos para siempre. En nuestro Shangri-La, como en la película *Horizontes perdidos*, enganchados sin saber nunca la hora. Pero ¿importaba la hora?

***

Con el tiempo, no todo fue redondo. Un viaje de su madre a Madrid estuvo a punto de acabar con nosotros.

Venía empeñada en conocer al novio peninsular, pero Irene no tenía el menor interés en presentármela. Cuando anunció su llegada, se le pusieron los pelos de punta. Ella no nos hubiera juntado nunca.

Después, ese verano no fuimos a las islas. No sé si volvió a Madrid. Si lo hizo, no nos enteramos o Irene no me lo dijo. No la vi más.

La madre iba a exponer sus cuadros en una galería de Chueca. Se les ocurrió tener música en vivo en la inauguración. Sugirió que actuara con mi banda.

A mí me pareció una buena idea, a Irene, descabellada. Tenía razón, aunque no lo supe entonces. Creo que nunca se lo reconocí. Al final tocamos. Como me advirtió Irene, nadie me hizo el menor caso. Ni siquiera ella, rodeada de moscones, mientras se reía a carcajadas. La miraban más a que a los cuadros. No se podían imaginar que el *pringao* que cantaba y la divina hija de la artista tenían algo que ver. Solo una pareja se acercó y compró mi disco. Toqué con un percusionista, un bajo y un saxo. La gente hablaba sin parar. Estábamos fuera de sitio y acabamos a la media hora. Nadie hizo amago de ayudarnos a recoger o de agradecernos la actuación.

Sonamos mal. La peor actuación de mi vida fue también mi primer enfado con Irene. Le eché la culpa, por no echármela a mí. Cuando llegó, tarde y achispada, solo se le ocurrió decir que me lo había buscado yo.

—Ya te dije que nadie te iba a escuchar.

—Pero es que ni me has mirado. Te has dedicado a ligar…, y ¡lo he hecho por tu madre!

—Pues así la vas conociendo.

Los siguientes días no nos dirigimos la palabra. O, si lo hacíamos, era para discutir. No nos rozábamos ni con el pensamiento. El martes por la noche, al llegar a casa, había puesto en el equipo una canción de un amigo nuestro: «aquí se hace el amor los martes, si estás, me parece bien, y si tú no estás…, también». Irene se me plantó con mirada desafiante, se quitó la camiseta y dijo:

—Aunque estemos cabreados, ¡podemos follar!

***

Mis padres estaban deseando que nos casáramos y los más amigos querían una buena fiesta. ¿Para qué darse prisa, si íbamos a pasar la vida juntos? Eso estaba *beyond a reasonable doubt*, como decían los abogados en las películas. Éramos felices, sin más complicaciones.

En las viejas películas, si una pareja se decidía una tarde, alguien les casaría por la noche, aunque, para eso, tuvieran que cruzar la frontera del estado. Luego bastaban dos testigos —algún borracho de la cantina—. En el momento preciso, el oficiante decía: «Si alguien tiene algo que decir, que hable ahora o que calle para siempre». Nunca había ido nadie para oponerse. A la mañana siguiente, mientras tomaban el desayuno, el novio comentaba a la familia: «Os presento a mi esposa. Anoche nos casó el juez». Aunque fuera lo más fácil, nadie se casaba así.

Unos amigos, después de cinco años juntos, se casaron. Eran la perfecta pareja, casi más que nosotros, que podríamos ser los próximos. Sin embargo, los papeles les sentaron mal. A los cinco meses rompieron.

Recuerdo que Irene me dijo algo así como «¿no ves?». Prefería dejar pasar un poco de tiempo, hasta que «la cosa» estuviera más madura. Para mí que «la cosa» estaba ya hecha, pero no podíamos pagar una boda.

Una vez le dijo a una amiga que, cuando tuviéramos hijos o fuéramos a tenerlos... No quise preguntarle. A ella la veía perfecta en su futuro papel de madre, pero a mí me faltaba mucho como padre. Al mío lo empezaba a entender entonces.

Tener un hijo o no era nada roquero o lo era demasiado. ¿Y si me salía uno como yo? No iba a poder devolverlo a la tienda.

A los pocos meses de estar juntos, comencé a trabajar en un despacho. A los dos años me surgió una oportunidad en la competencia. Era mucha pasta y más responsabilidad.

Con el cambio de trabajo, la cosa se complicó. Algunos días llegaba cuando Irene estaba dormida. Las primeras veces la despertaba con un beso, pero luego dejó de hacerle gracia. Los viernes venía a recogerme. Se entretenía charlando con la gente en la entrada del edificio. La conocía todo el mundo.

Se enfadaba cuando trabajaba los sábados. Le prometí que solo sería durante las primeras semanas. Al año, me preguntó cuantos meses duraban esas semanas. Lo peor fue que empezara a viajar.

Pensaba que las cosas nos iban bien, aunque se quejara. Cuando me hicieran socio del despacho, viviríamos mejor. La escuchaba como quien oye llover. Mientras, ella acabó la carrera. Se hartó de estar sola estudiando en casa. En una de mis estancias en Panamá, me llamó al móvil. Se me plantó: si seguía sola, se iría.

—Haz lo que quieras, Irene.

3.
Aquella noche a la vuelta del verano

You were beyond comprehension tonight but I understood,
Words have failed me tonight, but you knew what I meant

M. Ward, «Hold Time»

MANUEL

Irene me llamó a primeros de septiembre para decirme que
llegaría en unos días. Llevaba sin saber de ella más de una
semana. Me cansé de reprochárselo siempre que hablábamos.
Reconozco que la defraudé cuando me necesitó en su examen
de junio, pero se había pasado todo el verano en casa de su
madre, casi sin dar señales de vida. Teníamos preparado un
viaje con amigos al que no vino. Le propuse ir a verla y me
dijo que ni se me ocurriera. Había sacado un mal número en
el ejercicio y todavía le quedaba el segundo. Hubiera preferido
que suspendiera, pero no me atrevía a insinuarlo.

La estaba perdiendo. No volvería a dejarla sola. Se lo diría
sin falta la próxima vez.

Esa noche, Irene se presentó en el portal de casa sin avisar.
Me pilló por sorpresa, después de un día movido. Mientras

subía las escaleras, me puse una camisa y algo de colonia. Le dejé la puerta entreabierta y encendí una luz indirecta. Escuché agitado sus tacones al llegar al descansillo y cruzar la puerta. Me encontró agachado sobre el tocadiscos. Me incorporé y, al abrazarla, nos dimos dos besos. El recibimiento era algo torpe si hacía mucho que no nos veíamos.

Me saludó con su cadencia canaria:

—¿Cómo está mi niño?

Descorché una botella de Casa Silva Carmenere que había traído de Chile. Ella cogió unas copas altas de la cocina. A Irene le gustaba mucho descubrir nuevos vinos. La contemplé mientras ponía las copas en la mesa. Llevaba una blusa escotada de seda azul, bajo la que se adivinaba un sujetador que había comprado conmigo. Me imaginé que se había arreglado para mí. Sentí su olor, que me provocaba la misma excitación de siempre. Intuí cierta predisposición por su parte. ¿Estaba confundiendo su intención con mi deseo? En el equipo sonaba el «Miracles» de Jefferson Starship, una de nuestras canciones preferidas: Si pudieras creer en los milagros como creo yo..., eran siete minutos largos de canción que nunca nos habían fallado. *I had a taste of the real world when I went down on you, girl* cantaba Marty Balin y brindamos mirándonos a los ojos. Se fijó en mis labios. El timbrazo del telefonillo nos devolvió bruscamente a la realidad. De camino a casa, Irene había pedido comida china. El encantamiento estaba roto. Pusimos la mesa, serví vino y nos sentamos a cenar.

—¿Qué tal por tu casa? ¿Cómo están? —le pregunté.

Movió la cabeza, mientras musitaba:

—Bien.

—Menos mal que has podido venir. Me tenías preocupado.

—No sé por qué te preocupas ahora —al ver que yo no entraba al trapo, siguió en el mismo tono cortante—. Teníamos que vernos para hablar. Hay cosas que no se pueden decir por teléfono.

Nos quedamos callados, mientras cavilaba qué querría decirme y nos repartíamos algo de pollo y arroz.

—Mi padre me ha preguntado por ti —no sabía bien cómo encarar el tema. Tenía que ir con pies de plomo.

—Me alegro. Siempre ha sido cariñoso conmigo. Me cae muy bien, aunque sea un poco carca —admitió algo más relajada.

—El pobre hace lo que puede para adaptarse —clavé mis ojos en los suyos—. Irene, llevamos mucho tiempo juntos.

Antes de contestar, me lanzó una de esas miradas vacías que daban miedo. Fue como una bofetada. Desvié la vista.

—¿Juntos? ¿Desde aquella fiesta hasta hoy?

—Se me ocurrió medirlo en días. ¿Sabes cuántos llevamos? —le pregunté.

—¡Qué ocurrencia! ¡Un montón! ¡Ni idea!

—Más de dos mil quinientos días. ¡Son muchísimos! —le dije.

—¿Y cuántos días nos hemos visto en los últimos quinientos?

—No sé, ¿cien? —respondí.

—¡Qué va! Seguro que menos.

—Es casi una vida. Muchas parejas no llegan a tanto —concluí.

Me miró con ternura mientras se echaba para atrás en la silla y cruzaba las piernas.

—Manu, nos queremos. Me sigo riendo contigo. Pero elegiste una vida en la que yo tenía menos sitio cada día y, ahora, en la mía ya no cabes tú.

—Eso ha sonado muy duro ¿no crees? —le respondí.

Traté de mantener la calma, como si no la hubiera entendido bien.

—A lo mejor nos encontramos si, alguna vez, vuelvo a Madrid. Nos tomamos un café y ¿quién sabe? nos damos un revolcón por los viejos tiempos. Pero sería en una nueva vida, en la que cada uno iría por su lado.

—Voy a cambiar de trabajo para estar contigo. No sé qué otra cosa puedo hacer para arreglarlo.

—Ya es tarde. Si cambias, no lo hagas por mí. ¡No hagas más nada!

—Pero una cosa es que nos veamos si podemos, aunque sea poco, y otra muy distinta, lo que estás diciendo —contesté imperturbable, como si al juez que me sentenciaba le pidiera un día de sol para el cadalso.

—Déjalo. Somos un caso perdido. Lo sabemos desde que tú empezaste a viajar y yo me puse a estudiar. Pudimos pensarlo entonces. Ahora ya no.

—Me parece inconcebible acabar así —me estaba quedando sin argumentos. Esperaba un enfado mayúsculo, de los que hacen época, en los que, como decía mi abuela, tiembla el misterio, pero era mucho peor. Más que cabreada, estaba segura, decidida a cortar por lo sano.

—He venido a despedirme.

Irene era muy impulsiva. La miré perplejo. Por experiencia sabía cuándo dejar de discutir, pero me parecía increíble el derrotero que había tomado la conversación. Siguió hablando:

—No nos hagamos más daño del imprescindible. Voy a echar de menos tus besos y tus tonterías. Tengo demasiados recuerdos tuyos que no voy a olvidar, aunque quisiera... Las cosas se terminan. No siempre acaban mal, aunque tengan que acabar.

No improvisaba. Había pensado bien lo que decía. Cada una de sus palabras nos alejaba un poco más. Me levanté para interrumpirla y la callé con un beso. No lo esperaba, pero, tras un instante de duda, se dejó llevar. El segundo beso fue largo, dulce y elocuente. Como si estuviéramos en nuestras primeras veces. La fui desenvolviendo con mimo. Era siempre mi regalo. Descubrí poco a poco su piel, como el expedicionario que se adentra en un mundo inexplorado. Ella bajó la mano y me fue acariciando. Fuimos al dormitorio y se sentó a horcajadas sobre mí. Nos teníamos muchas ganas. Estuvimos mucho rato haciendo el amor sin decir una palabra. Estaba ya todo dicho. En algún momento se me saltaron las lágrimas. Es posible que a ella también. Nos íbamos a acordar de ese momento. Después, Irene se durmió. La arropé, me levanté para apagar las luces y caí agotado.

Cuando sonó el despertador, toqué su lado de la cama con la secreta esperanza de que estuviera todavía. Se había ido. No quedaba más rastro de ella que un tenue aroma en su almohada. No me podía mover. Me puse a remolonear hasta que volvió a sonar la alarma. Me senté en la cama. Se me había venido el mundo encima. La llamé al móvil. Estaba fuera de cobertura. Imaginé que me contestaría cuando le viniera bien.

¿Cómo no me di cuenta antes? Repasé cada una de sus palabras en busca de la clave escondida que había precipitado el fin. No la encontré. Me puse una infusión de *açaí*, que nos gustaba mucho a los dos. ¿Tendría que empezar a utilizar el singular en lugar del plural como hasta ahora? ¿Cuándo dejaría de decir «nosotros» o de hablar en presente al mencionar a Irene? Nunca sería capaz de hacerlo.

Vi que faltaba una vieja foto y algunos cedés, el *Tourist* de Saint Germaine y los de Belle and Sebastian, que eran suyos.

Llamé a la oficina para decir que me encontraba mal. No era mentira. Iría más tarde a una reunión a la que no podía faltar. Me acordé de nuestras primeras citas. Me fijé en ella una tarde de mayo en el bar de la facultad. Había vuelto a jugar al mus, después de dejar judicatura, que no era lo mío, para desesperación de mi padre, el juez. Estaba sentada frente a mí, con una minifalda vaquera, unas *Converse* y cara de guasa. No llegamos a hablar porque se fue a clase antes de acabar la partida. En aquella época, hacía el doctorado en el departamento de Derecho Mercantil de la facultad. No terminé la tesis, pero conseguí entrar en un despacho de abogados.

No la volví a ver en unos días. Fue en el bar, sentados de espaldas, cada uno en una mesa contigua, con los respaldos de las sillas rozándose. Por primera vez, escuché su voz cristalina de soprano. En un momento me eché para atrás y chocamos. Me di la vuelta para disculparme. Se echó a reír y me presenté.

Estaba en primero, pero a años luz de mí. Lo mejor era no hacerse ilusiones con Irene, aunque me había dejado tocado. Al día siguiente, volvimos a hablar un rato. Quería ligármela, pero el que ya estaba colado era yo. Sin reconocerlo, empecé a inventarme pretextos para coincidir con ella. Cruzábamos miradas, nos saludábamos y sonreíamos. Incluso me acercaba a echar algún pitillo, cuando la veía fumar. No tenía costumbre y a punto estuve de coger el vicio, aunque me quedé en fumador social.

No pasaba inadvertida al entrar en ningún sitio. Era la que se llevaba todas las miradas, aunque no se lo tenía tan creído. Tenía el mejor culo de la facultad —según opinión unánime en el bar, y no solo de los hombres—, ojos verdes y rizos rubios. Me había enganchado, también de su manera de reír, de caminar, de bajar las escaleras, de sentarse o de quitarse la chaqueta. Ya era un adicto.

Irene fue lo mejor de la vida de algunos. Lo mejor de la mía, desde luego. A partir de esa mañana, sería otro el que podría decirlo. Yo solo era otro ex.

No le iba a costar nada tener un nuevo novio; en cambio, yo no me veía con nadie más. Con amargura, me imaginé que ya lo tendría, pero deseché la idea. No se iba porque tuviera otro. Era lo que me había dicho. Me abandonaba porque no teníamos un futuro en común.

4.
Una noche de finales de septiembre

There's nothing I could say to make you try to feel ok
And nothing you could do to stop me feeling the way I do
And if the chance should happen that I never see you again
Just remember that I'll always love you.

Badly Drawn Boy, «A Minor Incident»

MANUEL

«Irene,
Empiezo a escribirte esta carta con la ilusión de terminarla y
enviártela, en vez de tirarla a la basura como las anteriores.
Has dejado de usar tu cuenta de correo o, por lo menos, no
recibes mis mensajes. No sé bien adónde mandártela.

Si hubieras leído lo que te he escrito, sabrías que todos los
días sueño contigo. Es verdad que antes no me pasaba, pero
estaba ciego. Me había acostumbrado a tenerte.

Esta noche caminábamos de la mano. De pronto, me has
soltado, el suelo ha desaparecido bajo mis pies y he caído por
un precipicio. Al perder pie, me ha entrado pánico y me he
puesto a dar palmadas para agarrarme a algo.

Me he quedado sin aire y he despertado para no ahogarme, agotado por el esfuerzo. Es el mismo sueño, o muy parecido, que el de las últimas semanas. Me agito jadeante y doy vueltas sobre mí. Sabes que siempre he sido inquieto. Ahora ya no te molesto, en medio de los casi dos metros de cama, lo más grande que tenemos, bueno, que tengo en toda la casa. Doy vueltas en la cama, en la que sobro yo porque faltas tú.

Sin tiempo para darme cuenta de que ya no sueño y he pasado de golpe a la vigilia, me levanto disparado. El suelo se mueve bajo mis pies. Hoy he trastabillado mientras corría como si tuviera algo urgente que hacer. Más que para hacer algo, era para huir.

Hace poco más de dos horas que me he desplomado de cansancio. Llevo así, casi sin dormir, desde que te fuiste. Esta noche el susto ha sido más violento, aunque nunca es muy distinto. Cada noche se repite. A veces puedo recordar el sueño anterior, pero hoy no.

Me he sentado en el salón, empapado en sudor frío. No hace mucho calor esta noche. Juego con el mando para hacer *zapping* y doy vueltas a los canales durante un buen rato. Hasta en las cosas más tontas te extraño. Escogías las películas o las series cuando venías y yo compraba el vino, que en eso y en la música siempre me dejaste elegir a mí. Me decías lo que me iba a gustar para cuando tú no estabas. Ahora el problema no es qué ver en la tele, ni cómo llenar los armarios vacíos, los espacios o muebles sin sentido, o todo el sitio que antes me faltaba y ahora me sobra en el baño.

Las casas tienen alma y, en la nuestra, el alma se fue contigo... Te la has llevado tú, o la he echado yo. Tanto da.

No quiero estar aquí. Cada día vuelvo más tarde. Entro por la puerta exhausto y me duermo en el sofá, sin tiempo ni para desnudarme. El truco de caer rendido al llegar tampoco sirve, porque me vuelvo a despertar a la hora, en cuanto me recupero un poco, para entregarme otra vez sin indulgencia a mis demonios interiores.

Va a ser mi cumpleaños. Ya sabes. Me gustaría verte o que me llamaras. Sería un buen regalo.

No puede ser que me hayas olvidado. No podrás hacerlo nunca.

Cuando empezaste con tus jaquecas, no estaba preparado para verte enferma. Eras demasiado perfecta. ¿Cómo te podía doler nada a ti? De pronto, quererte era cuidarte. Te ponía pañuelos fríos en la frente. ¡Cómo te gustaba que te besara los párpados! Primero el derecho y luego el izquierdo, calientes, palpitantes. Aprendí a darte algún masaje. Luego, cuando tus dolores se hacían más frecuentes, te leía cuentos. Hasta hacía el tonto para que te olvidaras de ellos. Y eso que soy poco servicial. No como esos siempre dispuestos a ayudar, que esperan a que se caiga o se pierda alguien para auxiliarlo. Nunca me presenté voluntario para nada. Pero contigo era distinto, cuando íbamos al médico te acariciaba las sienes. ¡Estaba orgulloso de poder quererte también así!»

Me sentía helado por dentro. Nada me iba a quitar el temblor mortal que me atenazaba. Fui a poner agua a hervir en la Kettle para una infusión y me vi reflejado en el espejo. ¿Esa imagen de muerto viviente era la mía? Me hice una burla. Tropecé con una silla. Más que los muebles o la cama, lo que me sobraba era la casa, que había dejado de ser un hogar.

Mañana terminaría la carta. O la rompería, como las demás. Era mejor que Irene no la llegara a leer.

Solo me quedaba adormilarme en la dulce tristeza de la melancolía, que todavía no era tan dulce. Con suerte soñaría con Irene y le podría contar todo lo que le había escrito.

5.
Reencuentro en Madrid

Cruel to be kind, means that I love you.
Baby, you gotta be cruel to be kind.

Nick Lowe and Ian Gomm, «Cruel to be kind»

FERNANDO

Hace unos años coincidí con Manolo en un trabajo en Panamá. Era un joven profesor de la Complutense. Resultó —lo que son las cosas— que vivía con Irene, la hija del hermano de Chara, con la que habíamos perdido el contacto. Él la había conocido en la facultad, donde estudiaba ella, aunque creo que nunca le dio clase. Más de diez viajes transoceánicos de ida, con sus respectivas vueltas, fueron la ocasión para que ambos congeniáramos. Con el tiempo y las confidencias, nos hicimos íntimos.

Cuando venía a Madrid lo avisaba, sin darle mucho tiempo para organizarse. Lo hacía así no por falta de previsión, sino para no ponerle en el compromiso de cambiar algo de su intensa y caótica vida social.

Aquel día yo iba a Madrid de paso, camino a una universidad americana en la que me trataban como a una eminencia. Para darse importancia, los anfitriones anunciaban mi visita como un acontecimiento, con recepción y cobertura de prensa. Ya se sabe que cuanto más lejos de España estás, mejor te reciben. Sobre todo me pagaban, lo que no me venía nada mal porque, aunque no me podía quejar, tenía mis imprevistos.

Desde el tren, vi amanecer el veranillo luminoso que parecía no querer agotarse. En Atocha, me asomé a su jardín tropical. Uno no llega a conocer una ciudad si no ha perdido algo de tiempo en su estación de tren. Mucho más que sus aeropuertos, empeñados en ser el mismo en todas partes, las estaciones reflejan la cultura de cada sitio. Los inmensos murales de azulejos de Sao Bento solo pegan en Oporto. Londres sin la estación Victoria, o Nueva York sin Grand Central, no serían lo mismo.

Esa época de otoño había pasado, para mí, de ser la más antipática a mi preferida. Desde luego, la mejor para ir a Madrid, tan extrema en calores y fríos. Había reservado una noche en un pequeño hotel familiar, a pocos minutos de paseo, en una de las habitaciones de la planta de arriba, espaciosa y alejada del bullicio de la calle.

Contra todo pronóstico, la tarde se estropeó mientras caminaba entre los portales de los edificios. Habíamos quedado en una sala, detrás del cine Palafox, a ver a unos supervivientes del rock psicodélico. Fue Manolo el que me metió el gusanillo de los grupetes *amateur*, medio profesionales. Esos que, por no ser, no llegan ni a artistas malditos, porque para eso también hay que tener algo de éxito. Sin más interés económico que el de no palmar pasta con el *rock and roll*. Sin otra ayuda que la de sus íntimos, sus hermanas o sus novias, que bailan desmelenadas, les acercan copas o botellas de agua, y ayudan a enchufar los pedales o a recoger los platillos. Hasta nosotros les habíamos metido los amplis en la camioneta alguna vez.

Manolo llegó después que yo, como siempre. Venía empapado. Nunca traía paraguas, porque no había un artefacto menos roquero. Decía que los paraguas solo quedaban bien si estaban cerrados y, entonces, ¿para qué llevarlos? No se imaginaba a Bruce cantando con uno, aunque sí a Bowie, al que le quedaba todo bien. Después de la actuación, deambulamos por los alrededores hasta un bar que frecuentábamos a menudo. Charlamos con los noctámbulos que quedaban. Esa noche no había nada especial. Nunca lo había. Era un buen sitio para dejar pasar el tiempo, sin más sobresaltos. El pincha de siempre nos saludó desde la cabina. Esa noche estaba en pleno homenaje a The Church y otras bandas míticas australianas. Le contestamos con el pulgar hacia arriba, lo que le animó a seguir con Hoodo Gurus y Triffids hasta sentirnos en cualquier garito del Sidney de los ochenta.

Después de repasar las novedades de los amigos, dejamos de hablar por un momento y paseamos la vista por el local. Nos habíamos quedado casi solos. Olía a madera, humedad y humo. Las chicas, que Manolo conocía aunque no recordara sus nombres, charlaban en corro cerca de la puerta. Manolo se puso a contemplar pensativo su cuarta o quinta jarra de cerveza de la noche, ya caliente y sin espuma. Esa noche habíamos cenado en vaso. Me miró con los ojos vidriosos, con pinta de querer decirme algo.

—Fernando, Irene me ha dejado. Se ha ido a su casa —me espetó.

—Bueno, no será para tanto. Está estudiando ¿no? Deja que acabe y ya volverá… Aunque lo que sé de ella lo sé por ti.

Le hice una señal a la chica de la barra que, algo somnolienta, se acercó a retirar las jarras y a traer otras frías.

—Se habría podido quedar aquí a estudiar —dijo Manolo.

—Sabe que luego te tendrás que ir y no quiere quedarse sola.

En el fondo, era culpa suya, pero no quería disgustarlo.

—Lo mejor hubiera sido que dejara la oposición… Le he dicho que iba a cambiar de trabajo —dijo.

—¿De verdad? ¿Y qué te contestó?

—Me pidió que no lo hiciera por ella. Ya no merecía la pena.

—No te desesperes antes de tiempo. Es canariona y le tira su tierra. Acuérdate de cómo echaba de menos el mar —le dije.

—Es mucho más que eso. El mar lo ha puesto entre los dos. Me imaginé que me llamaría. Pero nada. No va a volver.

—Bueno, si tarda en hacerlo, tú tendrás otra igual —le dije, aunque era difícil que tuviera otra como ella. Dudé si le estaba mintiendo.

—La olvidarás en unas semanas —insistí.

Esta vez no tenía la menor duda de que le mentía. Me sonrió. Era un buen intento, pero también sabía que no era verdad.

—¿Tú no tenías que cruzar el charco mañana? Se te está haciendo tarde —me dijo, cambiando de tema.

—Tú también tendrás que dormir.

—Llevo días sin pegar ojo.

—Por lo que contabas, os veíais cada vez menos —le dije.

—Pero lo de ahora no tiene nada que ver. Aunque no viviéramos juntos, nos veíamos cuando podíamos.

Sonó una campana. Dejamos a las conocidas en la calle. No iba a haber ninguna última copa en casa de nadie. Nos despedimos hasta la próxima. Nunca supe bien cuál era «la próxima», más allá del interés difuso de vernos en un futuro cada vez más incierto. En el camino de vuelta hablamos de sus canciones y sus cuentos.

—Manolo, ¿tú, para qué escribes?

—Para qué —repitió y se encogió de hombros—. Desde luego, no para ganar dinero.

—Ya, pero si no es por eso, ¿por qué? —repregunté.

—Un día me pidieron que escribiera un cuento, y luego otro más largo... y así —se paró en seco y añadió—. Creo que por buscar la aprobación, ¿no?

—Pero ¿qué aprobación quieres? Tienes la mía, la de tus amigos, que son unos cuantos. Incluso la de tus hermanas y hasta de Irene, por lo que sé. ¿Necesitas la de alguien más?

—Ahora solo me falta la de Irene. Sin ella, no tengo nada que escribir.

—Al revés. Sufrir viene bien. La gente feliz no tiene nada que contar. Cuanto más jodido estés, mejor escribirás. Puedes hacer tu *Blood on the tracks,* como Dylan cuando se separó de Sara.

Me miró dudando qué decir.

—Me encantaría gustarle a quien no me conociera. Recibir cartas o mensajes inesperados de alguien que me leyera en una página perdida en internet, una chica que encontrara uno de mis cuentos en un hotel o en una revista... Incluso de un tipo que me odiara. A quien no querría conocer para no defraudarlo.

—¡Anda ya! —dije.

—Para no ser un mamarracho —Manolo se revolvió.

—Siempre has sido muy novelero. No escribes mal.

—Llevamos años de correrías. Eres mi amigo. Tu opinión no vale.

Se había pasado la vida mendigando la admiración de la que era incapaz por sí mismo. La vida gris había agostado sus sueños de grandeza. Ahora, todo era peor sin Irene.

—De todas maneras, antes de morir no pediré que queméis mi obra, no vaya a ser que me hagáis caso para variar —dijo con sorna.

—Te haríamos caso. La quemaríamos, aunque no nos lo pidieras... pero, ¿quién ha dicho que vayas a morirte antes que yo? —le contesté.

Lo miré a los ojos. Visto objetivamente no era ningún fracasado, pero ¿qué valía la objetividad?

—En fin, escribo porque me gusta o, mejor, porque no tengo más remedio —reconoció.

—Pues entonces, ¡qué más te da lo demás! —concluí.

Llegamos caminando hasta la glorieta de Alonso Martínez. Nos abrazamos con un punto de nostalgia acentuada por la inestabilidad de la hora y el alcohol. Cuando nos separamos, me pregunté si lo volvería a ver.

—Manolo, no sufras más de la cuenta. Duerme, aunque tengas que tomarte unas pastillas. Y si tienes que ir al médico, ve y hazle caso.

Me sonrió sorprendido por mis últimas palabras y nos despedimos.

6.
Las buenas intenciones

I'll be there for you, when the rain starts to pour [...]
I'll be there for you, 'cause you're there for me too

Michael Skloff y Allee Willis, «I'll Be There for You»

MÓNICA

Cada año, a la vuelta de las vacaciones, Manuel nos recordaba su fiesta de cumpleaños. Esta vez la intentó cancelar después de invitarnos. Irene no iba a estar. Tampoco había estado el año anterior, porque solo iban amigos de Manuel y no le caíamos bien. Me miraba como una rival y eso que nunca pretendí quitarle el novio. Pero este año, era distinto. Irene se había esfumado. Una mañana Manuel llegó desencajado al despacho y me lo contó. No estaba para fiestas. Cuando me pidió que no fuera a su casa, le contesté que iría aunque no me dejara entrar. No le iba a dejar solo.

Llegué con otras dos chicas antes de la hora y le hice cambiarse de ropa. Manuel, como mucho, tendría cervezas y anacardos. Los amigos llevamos las bebidas y el picoteo, pero de la música

43

no nos preocupamos: tenía más discos que nadie y, por muy mal que estuviera, era capaz de hacer bailar a todo el mundo.

La casa se llenó de gente predispuesta, con ganas de marcha y regalos de músicos. Un juego de doce cuerdas, un pedal afinador, una armónica, unas maracas y fotos enmarcadas de un concierto suyo. Nosotras nos habíamos arreglado mucho para la fiesta. Me sentía deslumbrante dentro de mi vestido traslúcido de hada. A ver si lo animábamos un poco. Él se fijaba siempre. Llevé unos «moscovitas», que le gustaban mucho, de una confitería de al lado de la oficina. Manuel buscó entre los discos una selección de ska británico. La versión del «Can`t get used to losing you» de los Beat de Birmingham abrió el fuego.

Entre los habituales, Juana llegó la última y, con su legendaria inoportunidad, le preguntó por Irene. Manuel cerró los ojos para intentar no escucharla, como si se tapara los oídos para no verla, mientras se metía en la cocina con alguna disculpa que sonaba a maldición. Nadie sabía cómo la seguían invitando, pero Juana tenía un sexto sentido para apuntarse a cualquier plan y alargar las reuniones como fuera, con tal de no volverse a su casa, donde debía contar las horas muertas hablando con el reloj. Decía que era sin mala intención. Era una excusa muy pobre. He tenido jefes torpes, capaces de lo peor. Donde haya un buen jefe malo, que se quiten los tontos.

Manuel sacó las tónicas del congelador justo antes de que se helaran y se puso un *gin-tonic*. Sonrió tontamente, mientras picoteaba en las conversaciones, sin estar en ninguna. Se quedó en un rincón frente a la ventana abierta, como si necesitara respirar. Nuestras mejores intenciones parecían fuera de lugar. Después me dijo que tenía la cabeza embotada. Escuchaba un cuchicheo incomprensible, que se distorsionaba en su cabeza hasta un zumbido atronador. Empezó a acalorarse. Sin más explicación, se metió en su cuarto. Salió cuando estábamos a punto de entrar a sacarlo. Había recuperado la confianza para enfrentarse a la fiesta y tomarse otro *gin-tonic*. Rio maquinalmente con los que bailaban. Estaba en otro sitio, secuestrado por el recuerdo de Irene.

La fiesta duró mientras hubo hielo. Me acerqué a Manu, sentado en una butaca, para acariciarle los hombros. Estaba sudando a mares.

—No te vayas a dormir. ¿Ya estás en la crisis de los cuarenta? Te falta mucho todavía —le dije risueña.

Manu me miró con los ojos húmedos. Me agaché para despedirme, con un beso en el que mis labios rozaron la comisura de los suyos. No fue deliberado, aunque tampoco fortuito del todo.

—¿Quieres que me quede? —le pregunté con una sonrisa.

—¿Qué? —me respondió desconcertado.

—Que si te vendría bien que me quedara.

—No... No hace falta.

—Pero necesitas que te ayuden a recoger.

—Ya lo haré mañana.

—Mañana es mejor que te lo encuentres recogido.

—No, muchas gracias —cortó Manu.

—También podría venir mañana si estás cansado —no iba a darme por vencida tan pronto—. De todas formas, voy a recoger un poco.

—No te preocupes. A lo mejor Irene aparece para darme una sorpresa.

Me hubiera gustado ver mi cara después de semejante ocurrencia de Manuel. Estaba peor de lo creía. Era absurdo, casi cómico, que temiera que Irene entrara por la puerta y nos pillara juntos.

Me miró ausente. Debía estar dudando si me había entendido bien. Si mi insistencia era por gusto o por lástima. Tampoco lo sabía bien yo. Me atraía desde hacía mucho, aunque nuestra relación era más de buenos compañeros que de otra cosa y siempre había estado Irene en medio. Pero no lo hubiera dejado escapar como ella. No, no era por pena.

—Estoy muerto. Voy a caer fulminado en cuanto salgáis por la puerta —me dijo. Debía creerlo de verdad.

Salí hecha una furia, sin decir nada más. No sé si quedaba alguien. Había hecho el ridículo. En el taxi me sacudió un cóctel de alcohol y sentimientos que mezclaba el rechazo y el rencor con un ápice de piedad. Todo se lo había buscado él.

Después me confesó que no volvería a tomar ginebra. Le inspiraba ideas suicidas, aunque sus obsesiones no venían en ninguna botella. Las llevaba dentro.

Decía que la vida ya había sido todo lo generosa que podía ser con él. No esperaba nada más. Había malgastado su suerte. Deseaba estar muerto. Aunque él, siempre tan indeciso, no sabría nunca qué hacer al respecto. Si la muerte fuera una casa al lado de la suya a la que bastara con llamar al timbre, una parada del metro o una estación de tren. Si fuera suficiente pensar mucho en morirse, sin necesidad de hacer nada horripilante, todo sería más fácil. Antes tendría que escribir una carta de despedida que lo explicara todo. Su mejor obra. La única que dejaría a la historia. Respiré con alivio. Podía pasar años corrigiéndola. En fin, me tranquilizó pensar que, con tantas idas y venidas, jamás conseguiría matarse.

7.
El peor otoño de mi vida

I was born the day I met you
Lived a while when you loved me
Died a little when we broke apart

The Smithereens, «In a lonely place»

MANUEL

La mañana del lunes amaneció sombría. Qué más me daba a mí, si el triste era yo. Me incorporé de la cama con dificultad y vagué por la casa como un sonámbulo. Nada en particular me dolía, aparte del alma. «Vaya idiota» pensé al verme en la luna del baño. Conservaba cierto tono moreno. Me daba un estúpido aspecto saludable, que iba mal con mi expresión atormentada y resacosa. Entumecido, me metí en la ducha y la abrí sin más. Una cascada de agua fría cayó sobre mi cabeza. Me puse a tiritar. Necesitaba reaccionar para salir de la caverna en la que llevaba desde el sábado. El domingo de mi cumpleaños pasó sin pena ni gloria. Se quedó en el día en el que Irene no vino.

La casa llevaba muchas horas cerrada. Abrí las ventanas y entró un viento impúdico que revolvió los papeles de mi mesa. Cogí un zumo de la nevera para quitarme el mal sabor de boca y salí a la terraza con una toalla enrollada a la cintura. Desde su balcón, me saludó sonriente mi vecina Lucía en bata, que regaba las plantas. De cerca no era tan guapa como a esa distancia. Nos caíamos bien. Vivía con sus dos hijas, que eran muy de poner música y tomar el sol en bikini en cuanto empezaba el calor. Si el chino estaba cerrado, siempre podías pedirles hielo, sal o cervezas. Mi pinta debía ser deplorable, aunque no me preocupó. Eché un vistazo por la casa y hasta quise ordenar algo el cuarto. Pero me sentí incapaz de arreglar el desbarajuste. Mónica tenía razón en eso. Pisé la caja de un cedé caída por el suelo, que crujió al romperse. Recogí los trozos. A eso, a barrer añicos, me iba a dedicar en adelante. Aproveché para poner la Martin en su sitio y cerré la puerta sin más.

***

Mónica se pasó la mañana sin mirarme, ni siquiera cuando me senté a su lado para comer con unos colegas. Por la tarde, antes de salir, tuvo que traerme el informe de un cliente. Cuando se iba, se volvió a mí, dudando qué decirme, hasta que me preguntó:

—¿Te has fijado en que llevas un calcetín de cada color? —y sin parar continuó—. ¿Cómo estás? ¿Pudiste descansar ayer?

—Más o menos. Estuve todo el día tirado.

Miré mis calcetines mientras hablaba. Decidí tirar todos los que no fueran negros y seguí:

—Estoy bien, Mónica ..., ¿y tú, qué tal?

—El sábado todos bebimos un poco. Lo pasamos bien, aunque no fue tu día —dijo.

—No creas. No estuvo mal.

Hasta a mí me sonó falso.

—Ya..., ¿te ayudó alguien a recoger?

—No. Todo sigue patas arriba.

—Bueno, yo solo quería que estuvieras bien —dijo, mientras su cara dibujaba un «tierra trágame».

—Lo sé.

—Eso era todo... No pienses nada raro.

La conversación le estaba costando un triunfo.

—No lo hice.

Dudó un instante antes de decirme:

—¿Qué sabes de Irene?

—Nada. Ni idea.

—¿No te felicitó?

Apoyé la frente sobre las manos y me centré en el documento que tenía en la mesa. Se podía figurar que no. ¿A qué venía sacarme el tema?

—¿Por qué me lo preguntas?

No me oyó. Había salido sin esperar respuesta.

Llegué a casa y traté de mantener la cabeza vacía mientras ordenaba. Me duró poco la tregua. El corazón se me deshacía en cachitos cada vez más pequeños, que se me perdían entre los dedos. Estaba pagando un precio, pero ya no había nada que comprar. Quité el *Thirteen* de Big Star que sonaba en el plato. Mejor no poner música que me la recordara.

***

Aquel viernes, a media tarde, salí del despacho sin despedirme. Había poca gente, porque la mayoría se iba a comer a su casa. Yo me quedaba porque el trabajo era mi único respiro. El socio director no comía en su casa, sino con una amiga. Solía volver al despacho, sobre las siete, muy animado y con ganas de charla. Me fui antes de que llegara. No estaba de humor. Más bien, muerto de cansancio. Había pasado la noche entera perdido en un punteo de blues soporífero, como cuando tenía pocos años y muchos granos.

No tenía ganas de encontrarme a nadie, aunque reconocí que estaría bien charlar con alguien. Pero ni llamaba yo, ni recibía llamadas. Era lo normal si se me olvidaba cargar el móvil en casa. Mónica no tenía pinta de querer verme. Lamenté haber sido brusco con ella, pero ¿qué otra cosa podía hacer? Más que compañeros, éramos amigos. La veía en el despacho todos los días. De todas maneras, ya estaba hecho.

No quise ir a casa. Me di un largo paseo, para hacer tiempo, hasta mi tienda de discos favorita en Argüelles. Hacía buena tarde y la calle estaba atestada. Se notaba el ajetreo del fin de semana. Muchas chicas con maletas de ruedines. Siempre me intrigó adónde iría cada una.

Llegué a la puerta de la tienda, bajo su rótulo de neón, dentro del que Elvis bailaba a ritmo de rock. No reparé en el escaparate. Había que buscar dentro. Era una de esas tiendas míticas, en la que me compré mi primer disco, el *Help* de los Beatles, y cientos de discos después. Iba a estar allí hasta que me echaran.

En abril del 70, cuando Paul anunció que se iba del grupo, escuchaba desde la cuna las canciones que ponían mis padres. De más mayor, despertaba a toda la casa, cantando, entre gritos y *esparpuchos*, a pleno pulmón. Luego empecé a escuchar los discos que ponían los hermanos mayores de mis amigos. De chico me pasaba horas en las tiendas de discos. Miraba hipnotizado sus portadas. Todavía recordaba su olor. Descifraba las letras de las canciones y me empeñaba en aprender los títulos de crédito. Quién era quién, el compositor, el productor, el ingeniero de sonido, el letrista, qué instrumento tocaba cada uno. En esa época me sorprendía ver nombres que se repetían en discos de grupos distintos. Ser de un grupo ya era bastante. Irse a tocar con otro, una traición. Eric Clapton con los Beatles era la excepción que confirmaba la regla. Aunque George y Eric compartían también a Pattie Boyd, que fue *Layla,* después de *Something.* Yo también me enamoré de ella.

Los discos seguían apilados en vertical dentro de los cajones de madera colocados en filas. Se ordenaban por las viejas categorías de rock clásico, punk, power pop, americana, country rock, blues, soul, funk..., aunque había también algunas con nombres más originales, como «rock de patada en el trasero».

En las paredes de color naranja colgaban las fotos de los héroes de siempre o las portadas de obras indiscutibles. Todo muy pop art. Me saludó el encargado, que me conocía.

Allí nos reuníamos los amigos. Decidíamos lo que nos gustaba y lo que odiábamos. En la adolescencia necesitábamos listas de todo, de películas o de libros, pero sobre todo de discos. Con la práctica, podíamos revisar cientos en pocos minutos. No porque tuviéramos prisa. Tiempo era lo que nos sobraba. Íbamos buscando las canciones que escuchábamos en Radio 3. En la tienda pinchaban los discos que habían llegado esa semana y nos daban las tantas discutiendo cuál era el mejor. Si lo resolvíamos, siempre podíamos volver a las preguntas sin respuesta, como si el álbum blanco hubiera superado al *Abbey Road*, si no fuera doble. Amontonabas todos los discos que querías comprar, para luego, al ir a pagar, descubrir que solo tenías dinero para uno. Luego corrías a ponerlo en el equipo, el de tus padres. Muchas veces, era cuando lo escuchabas por primera vez, con la emoción del neófito, al desprender el disco medio pegado por la electricidad estática a la cubierta interior de papel blanco y cogerlo con cuidado para no poner los dedos en el vinilo.

Eché de menos la ilusión de mis primeros elepés. Todos esos recuerdos me hundieron en la nostalgia, hasta que me di cuenta de que era el único cliente en la tienda. Salí con un montón de cedes. Muchos no los había oído antes. Era siempre una sorpresa. Seguro que me llevaba alguno que ya tenía. Comprar discos era un rito que siempre seguía al pie de la letra.

✳✳✳

Entré en el metro sobre las nueve y media de la noche. Me senté rodeado de chicas que leían libros. Ellos miraban sus móviles. Siempre me fascinó la capacidad de zamparse un tocho interminable, entre el lío de la gente saliendo y entrando, la megafonía — «antes de entrar, dejen salir»— y el traqueteo del tren. A mí me encantaba el silencio celestial de las bibliotecas. Pero allí no podía leer más que los fragmentos de obras pegados en las paredes de cada convoy. En cambio, me gustaba fijarme en la gente. A Irene siempre le hizo gracia que fuera tan cotilla.

Se abrieron las puertas en una parada de la línea tres. Entró una pareja joven. Se plantaron de pie, justo delante de mí, que iba sentado con mis discos. Ella, morena, muy guapa y delgada, cargada con un maletón. Traje de licra ajustado, blanco y beis con flores marrones y negras. Él, igual de moreno, con una camisa roja chillona y un pantalón de pinzas. No tuve otra que escucharlos. Además, debo más de una canción a las conversaciones callejeras. Él le venía diciendo que el lunes tenían que dar la fianza del piso. Ella, que no le habían pagado todavía. Estaban a 31 del mes, y le pagaban el seis. Él le pidió que se lo adelantaran. Luego le devolvería su parte el día quince. Eran 350 euros cada uno.

Ella se resistía. No quería pedirle ningún favor a Dani. Hablaba de su jefe con cierta familiaridad incómoda. Él insistía en que le pidiera el favor. Si no, Óscar, el casero, no le iba a dar la llave. El tal Óscar era muy desconfiado.

—¡Ese cabrón no se fía de nadie! ¡Ni de su familia! ¡Si lo sabré yo! Tenemos que conseguir el dinero ya. Lo mejor es que llames a Dani y le preguntes si puede pagarte un poco antes. Por probar..., ¿a ti qué te cuesta? ¡Son solo unos días! Llevas ya unos meses trabajando con él y dices que te hace mucho caso.

—No quiero llamar a Dani. Ni deberle ningún favor. Luego me tiene trabajando con él hasta tarde y no me gusta.

Al fin consintió en llamarlo esa misma noche, aunque sabía que no le haría gracia. Tendría que volver a insistirle y preferiría no hacerlo. Al salir, él la cogió cariñosamente por la cintura, mientras seguía con la cantinela de que no podían perder el piso. Los miré subir las escaleras. Sentí compasión por ella.

Debían ser cerca de las diez cuando llegué a casa. Tenía un buen montón de música nueva para pasar el fin de semana. Con el móvil silenciado para huir de clientes y compañeros, aunque sin esconderlo del todo por si me llamaba Irene, lo que no era imposible, aunque no fuera a ocurrir.

Pensé en la pobre chica del metro atrapada entre el novio y el tal Dani. Abrí la nevera, un desierto glacial en el que quedaban algunas latas de cerveza y unos berberechos. Un fin de semana no era suficiente para morir de hambre.

8.

Un martes de noviembre en Sevilla

Pasa la vida y no has notado que has vivido,
Pasa la vida, tus ilusiones y tus bellos sueños, todo se olvida.

Romero San Juan, «Pasa la vida» Pata Negra

MÓNICA

Cuando llegué al despacho, los socios principales salían de una sala, sudorosos y con las camisas remangadas. Pidieron café y unos cruasanes «manolitos», y se volvieron a encerrar.

A lo largo de la mañana, el pasillo se llenó de rumores y corrillos. La gente dejó de disimular. El director convocó a todo el mundo a las siete de la tarde en el salón de actos del edificio, que alquilaban para las grandes ocasiones. Según el mensaje, a esa hora no se interrumpirían las actividades habituales. Pero nadie las había empezado aquel día. Más bien era para que la reunión fuera corta y la gente saliera en desbandada sin más especulaciones.

Aunque evitaba a Manuel desde la fiesta, fui a preguntarle qué pasaba. No quitó hierro al asunto.

Nos congregamos en la sala con bastante tiempo. A la hora prevista, los tres socios principales hicieron su aparición. Subieron al estrado y se repantingaron en unas butacas, charlando entre ellos, como en una tertulia de amigos. Su lenguaje no verbal desmentía su aparente frialdad. Traían el gesto circunspecto, los músculos en tensión, las mandíbulas apretadas y los labios tensos. La cara, de funeral. Alguno se agitaba en su asiento, en un baile de San Vito que nadie pasó por alto. El director tomó la palabra, con una sonrisa postiza, mientras sus ojos vagaban en el universo de la sala, por encima de nuestras cabezas. Empezó por fijar la verdad oficial. Había una investigación muy incipiente, abierta sobre «algunas sociedades con las que trabajamos». Debíamos confiar en su opinión de expertos: todo se quedaría en nada. No iba a haber noticias en prensa. Pero si encontrábamos alguna—nos advertía, aunque fuera absurdo—, no había que hacerle el menor caso.

El director cerró el acto:

—Ocúpense, pero no se preocupen.

Estuve a punto de echar una carcajada. Pensé que le traicionaba el subconsciente. Delante de mí, había dirigido esa misma frase a un cliente, un año antes de que lo enviaran a la cárcel.

Se abrió un turno de preguntas. Costó un poco abrir el fuego. Un *pelota* se animó a intervenir, para distender el ambiente cargado de nubarrones. No iban a dar más información. El mensaje estaba demasiado cogido con alfileres como para improvisar.

Nadie aplaudió. Salimos en silencio sin querer mirarnos salvo los que ponían cara de ya haberlo avisado.

Que repitieran, con expresión de inocencia, que investigaban solo a algunos clientes, poco menos que insignificantes, escondía verdadero pavor. Esa forma de contarlo valdría para los ingenuos que quedaran, pero la firma se jugaba su existencia. Manuel lo había dicho muchas veces. Ni habíamos inventado la pólvora, ni teníamos una fórmula exclusiva. Había buenos despachos a porrillo. La reputación nos podía encumbrar o hundir y la balanza se inclinaba hacía el lado oscuro.

Me llamaron cuando salía por la puerta. Manuel y yo íbamos al día siguiente a Sevilla. En algún caso, para reforzar algunos lazos por lo que pudiera pasar. En otros, no bastaba con eso. Había que pedir alguna información que faltaba. Insistir hasta que nos la dieran. Traté de protestar, pero, como advirtió Manuel, se estaba rifando una bofetada y no podía llevármela yo, que era la que menos mandaba. Era el peor momento para que los dos pasáramos unas horas en el AVE. Al menos, nos habían reservado asientos en el coche silencioso.

***

Esa noche, soñé con Manuel. En el sueño le contaba que no podía acompañarle a Sevilla con algún pretexto. En el momento de levantarme, sobre las cinco de la mañana, no tuve valor para hacerlo. Llegué justo antes de que saliera el tren. El trayecto me lo pasé dormitando. Iba a hablar lo imprescindible. Nada que no fuera estrictamente profesional.

Llegamos temprano a Santa Justa, una límpida mañana de otoño, y nos encaminamos a nuestra primera visita. Nos esperaba don Evaristo, al que Manuel trataba, al menos, por teléfono. El único Evaristo que yo conocía era el lenguado de un restaurante famoso. Veríamos si este se dejaba hincar el diente también. Mientras miraba por la ventanilla, el taxista nos puso al día de las obras y la circulación.

Evaristo vivía en un palacete del centro, señorial aunque decadente. Nos abrió el portón, bajo un arco de herradura, una muchacha esbelta, con un vestido negro inmaculado y ojos perspicaces. Al presentarnos, miró fijamente a Manuel y dijo que el señorito estaba aguardando.

Detrás de ella, cruzamos un espacioso patio decorado con cerámica de La Cartuja, de dibujos geométricos en vivos colores ocres y tostados, en el que destacaba un pozo rodeado de macetas. Se escuchaba un agradable murmullo de agua que resaltaba la sensación de frescor. Nos dejó en una sala contigua al patio, donde llamaba la atención el suelo cuadriculado de mármol y pizarra, que me dediqué a seguir contando mis pasos, según el movimiento del caballo en el ajedrez. Manuel se sentó en una butaca, delante de una mesa redonda de centro y bajo una vieja lámpara de araña que, al encenderse, reveló algunas bombillas fundidas. Aceptamos un café en vaso y todavía aguardamos en silencio diez minutos. El señorito, al parecer, no nos esperaba en ese preciso momento.

Evaristo se presentó con un modelo elegante de andar por casa, que incluía un pañuelo de seda y una especie de batín. Algún antepasado suyo debió recibir vestido así al mismo Duque de Wellington. Pinturero y juvenil, de edad indeterminada, entre el joven que nunca fue y el viejo que tampoco será. Soltero y rico, de una familia de rancio abolengo. Aunque me sonrió al hacer su aparición, se dirigió casi exclusivamente a Manuel.

—Manolo ¿cómo estás?

Manuel —Manolo, de ahora en adelante—, aceptó su cariñoso abrazo, con la duda de si se habían visto antes. Me dio dos besos. Tan acostumbrado a conocer a todo el mundo, prefería dar por hechas las presentaciones.

—En primer lugar nos queremos disculpar porque es posible que nos hayamos adelantado. Nuestra visita de hoy es para saludarlo, lo que siempre es un honor con alguien tan distinguido...

—Manolo, hombre, el honrado soy yo con la visita de una lumbrera. Tutéame, por favor —le cortó Evaristo.

Imaginé que yo también podía tutearlo, pero preferí no abrir la boca.

—¿Hasta cuándo te quedas? ¿Os quedáis? —preguntó—. Me avisaron de vuestra visita con muy poca antelación... No he podido arreglar la comida de hoy, pero quizás podríamos cenar una noche. Conozco una finca en Carmona en la que se come fantásticamente. Lo pasaríamos en grande.

Me consolé con la idea de que en el despacho no entenderían que nos quedáramos en Sevilla con la que estaba cayendo. Aunque Manuel se quedara, me volvería esa noche como estaba previsto.

La conversación pasó a centrarse en la vida social de la alta alcurnia. Era la especialidad de la casa. Hacía poco que había muerto su tío sin hijos, que tuvo la consideración de instituir herederos a su sobrino, en representación de su madre premuerta, y a sus hermanos. Como me contó Manuel, el tío se había divorciado de una folkórica, conocida por su afición al lujo y a las operaciones estéticas, en las que demostraba un arte muy superior al que exhibía en el canto. Las malas lenguas le atribuían una nariz larga, capaz de aspirar buena parte de la fortuna familiar.

Evaristo era un sentimental, que se entregaba, en alma y, sobre todo, en cuerpo a sus amistades femeninas. Este *Don*

Juan, como el de Mozart, no era fiel a ninguna mujer, por no ser cruel con las demás.

La familia era la ideal para un despacho como el nuestro. Después de utilizar los servicios civiles, laborales, mercantiles y fiscales, estaban a punto de conocer los penales.

Evaristo poco a poco perdió interés en la tediosa exposición de leyes y reglamentos.

—Nosotros somos gente bien. No necesitamos todas esas leyes tan largas y confusas —dijo.

Entreabrió la boca para bostezar y se entretuvo en mirar las musarañas. Manuel hablaba por teléfono con su secretario. La muchacha musitó la disculpa de que el señorito últimamente dormía mal, mientras Evaristo entrecerraba sus pequeños ojos. Aquel petimetre no era tan buen partido. Solo tenía dinero. No era nada más que rico. Una de esas personas a las que solo las quería Dios y … porque no tenía más remedio.

***

Las visitas seguían una espiral sobre el plano de Sevilla, desde las más cercanas a la estación, hasta las que estaban más lejos. Nos recibieron bien en todas partes. No había noticias negativas y Manu y yo formábamos un buen tándem.

Se quedó un día precioso. Un cliente campechano nos citó en un bar de la Plaza del Salvador, repleta de gente guapa, animada por la luz alegre del otoño, las cañitas y el fresquito, como si estuviéramos de vacaciones. Otros nos llevaron a comer a un restaurante elegante del centro. Lástima que fueran los más pesados de la jornada.

En cada reunión creían que sólo íbamos a verlos a ellos. Sentían que tuviéramos prisa. En la última, esperamos a que nos entregaran unos documentos. Quedaba un buen trecho hasta la estación y encontramos algo de tráfico. Llegamos con el corazón en la boca, a tiempo de ver, desde el andén, como nuestro tren se marchaba sin nosotros. Como suele ocurrir, lo perdimos por uno o dos minutos. Nos sentamos y tratamos de recuperar el resuello. Respiré hondo. Me sentía como una olla a presión a punto de estallar. Pero no era culpa de nadie y, menos, de Manuel. No merecía la pena pagarlo con él. Más culpa tenía yo que quería volver esa noche a toda costa. Habíamos encajado demasiadas cosas en un día.

Reservamos dos billetes de AVE para la mañana siguiente. Sevilla era un gran sitio para quedarse tirado. Manuel propuso salir a cenar con un primo suyo. Aunque así evitábamos tener una cena a solas, le contesté que antes había que encontrar un hotel. Además yo estaba muerta. No me resistí a añadir que cada uno está muerto el día que quiere o que puede. Me miró acharado.

Cogimos dos habitaciones en un hotel que Manuel conocía, en una plaza frente a la catedral. Mientras me miraba satisfecha, reflejada en la ducha, me acordé de las envidiosas que dirían que nos habíamos quedado a propósito. Manuel era el tío más interesante de la oficina. Siempre había tenido a Irene y, de pronto, estaba libre. Me daba igual lo que pudieran decir. Si alguien quería chismorrear, tenía ya mucho de qué hablar, sin necesidad de maquinar nada de mí.

El primo se disculpó. Cuando subimos a la azotea del hotel, contemplamos una vista espectacular de la Giralda iluminada. Parecía que la podíamos coger con la mano. Manuel pidió una botella de un buen vino, unas raciones y un queso con tocino de cielo. Después de cenar, brindamos con tintilla de Rota por la amistad o por la luna de Sevilla. A lo lejos se rompía una guitarra flamenca que invitaba a la conversación. En la calle se había hecho el silencio. Nos subieron una manta y nos quedamos solos. No perdimos esa ocasión única de hablar. En susurros, como se dicen las verdades. Fue una noche larga. Le dije que lo hubiera entendido mejor que Irene. Me sonrió con gratitud. De madrugada, nos alegramos de tener la vuelta a las nueve de la mañana.

9.
De vuelta

Toda la noche la paso en vela y ya no quiero dormir,
toma mi vida, la que me queda, será toda para ti.

José María Granados, «La buena nueva»

MANUEL

Esa mañana no me costó levantarme. El brillo de la luz que se filtraba por los visillos me espabiló antes de que sonara la alarma. Había dormido sin pastillas, pesadillas ni cortes. En esa habitación desconocida de hotel me sentía a salvo al fin, liberado de la extraña vida de mi casa, llena de fantasmas. Tranquilo, como si algo hubiera cambiado. El trajín de ayer y la conversación con Mónica me reconfortaban. Todo iba a ser más fácil.

Dudé si esa noche había sido imprudente, pero no tenía de qué preocuparme. Me consolaba el afecto de Mónica, que me miraba como nunca. O acaso era yo el que la veía distinta. Me había hecho quererme un poco. Cuando bajé a desayunar, ella ya se había subido. Me la encontré en recepción. Contenta, como hacía mucho que no estaba.

Llegamos con el tiempo justo a Santa Justa. Mónica se enfrascó en su ordenador. Con la mente en blanco, me puse a mirar las oleadas de olivos que volaban en sentido contrario.

Pocos sitios como un tren para charlar. Entre desconocidos que no volverás a ver, a quienes dar tu mejor primera impresión, que será también la última. Me encantan las películas de trenes, llenas de viajeros anónimos que planean asesinatos o negocios imposibles, para ejecutar al llegar al destino.

El tren es ritmo, natural y confiado. Nada puedes hacer para acelerar o retrasarlo. Basta dejarse llevar, sin que importe que cuentes las estaciones o duermas, mientras se suceden todos esos nombres de sitios que ya no existirían si no los cruzara una vía.

***

Esa noche, el agobio me estaba esperando en casa. Se me cayeron encima sus cuatro paredes. Llamé a Irene. Antes, me prometí que sería la última vez. Su contestador no aceptaba más mensajes. Cerré los ojos y me la figuré, como tantas tardes, sentada en la butaca delante de mí, sonriéndome con su mirada retadora y sus piernas cruzadas, preciosas y delgadas. Me calmaba contarle las cosas. Hasta me olvidaba de que hablaba solo. Luego, avergonzado, juraba no volver a llamarla. Aunque no me escuchara, todo lo que le decía, ya lo sabía ella de sobra...

¿Se habría olvidado de mí? Y a mí, ¿se me llegarían a borrar sus facciones? ¿Sus gestos? ¿Cuánto duraba el amor eterno?

Al abrir un cajón de la cómoda encontré el viejo camisón que usó la última noche. Me pareció que quedaba algo de su olor. Dormí aferrado a él.

Tropezaba con sus recuerdos. No sabía si me hacían mal o bien. Me revivían, aunque me mataran a la larga. Más que de ella, eran de nuestra vida. Echaba de menos a los dos juntos. A ella conmigo, a mí con ella.

En los primeros días se me paraba el corazón cada vez que escuchaba pasos en el descansillo de la escalera. Desde que se fue, había pasado horas en el bar de la plaza, esperándola.

Me sacudí la desgana y empecé a componer. Antes, con Irene, alguna canción había salido sola. Sin ella, la mayoría moría a medio camino, sin cuajar. Las estiraba para dar con la clave, con retazos de otras viejas, hasta soltarlas descorazonado. Me perdía en un puente transitorio, en una cadencia lánguida que se desvanecía a medida que la tocaba, cada vez más bajito. Algunas tristes notas sobre las que insistir una y otra vez, como heridas que no dejara cicatrizar. Canciones que fueron sueños y ya solo eran pesadillas. Era escribir en subjuntivo, entre alucinaciones, dudas y tinieblas.

Envidié a la gente que poseía la verdad. Sin nada que preguntar, despreciarían los signos de interrogación con los que abría y cerraba todas mis frases.

Aborrecí a la gente que solo hablaba en imperativo. Para quien lo que no estaba prohibido, ya lo tenías que haber hecho.

Me fui enredando en esa maraña de pensamientos hasta que, aburrido de escucharme, me dormí. Aunque me desperté intranquilo a media noche, no me costó coger el sueño otra vez. A pesar de los pesares, la excursión a Sevilla me había sentado bien.

✳✳✳

Los días siguientes en la oficina fueron insoportables, ante el goteo de clientes que entraban con la ceremonia de los que te miran por encima del hombro, mientras reclaman tu atención.

Los delirios de grandeza se quedaban en nada, cuando descubrían el desliz que empañaba su fachada impecable. Un poco de humildad les habría salvado, si no de la pena, por lo menos, del ridículo.

✳✳✳

Dejé de hablar con su contestador. En lugar de eso, cada mañana tomaba un café frente a su silla, sobre la que había extendido su camisón. Le contaba que las cosas iban mal. Había preferido el éxito a la felicidad. La había cambiado por el trabajo. Me iba a quedar sin nada. Además de insensible, imbécil. Si solo valoras lo que tienes cuando lo pierdes, aprenderlo me estaba costando sangre.

El barco se hundía. Nadie había dado la orden de abandonarlo, aunque unos luchaban por salvar los muebles, y otros, por un puesto en los botes salvavidas.

Las brujas empezaron su caza, en la que solo quedarían ellas. Ser inocente no era excusa. Un socio dejó el despacho, para dedicarse a un nuevo proyecto, que no supo explicarme. A otro le invitaron a seguir su ejemplo. Ya no le pregunté.

Éramos la parte no podrida de la manzana, pero cuando uno sabe lo que quiere encontrar, casi siempre lo descubre. Creo que eso lo decía Mao Se Tung. El pasado depende mucho

66

de quien lo mira. Los correos electrónicos podían servir de prueba de cargo, aunque solo estuvieras en copia.

Pero, si lo mejor era estar muerto, ¿qué me importaba a mí lo que pasara? Me hacía el loco, en medio del miedo y las tiritonas de los demás. Y que pensaran lo que quisieran. Me sostenía la inercia, el sinvivir de la vida interminable, al ritmo monótono que seguía por no perder el compás. Como lanzado sobre una bicicleta, con miedo a romperme la crisma si paraba. Días idénticos, inacabables, plantados en medio de semanas fugaces. Aunque, si todo era instantáneo, cualquier dolor era solo la evocación de lo que me dejaría de doler. Era lo que me consolaba.

Mónica nos recomendó un libro de autoayuda, de los que nunca me sirvieron. Se lo había leído uno de esos colegas compasivos que no faltan. Era una especie de manual de uno mismo, como las guías de instrucciones para montar muebles, que parecen biblias porque vienen en muchos idiomas, aunque el ladrillo, cuando lo abres, se quede en cuatro páginas. Te sientes ciudadano del mundo, al descubrir que hay filipinos, chinos o rusos con el mismo gusto que tú. No estaría de más que lo recordaran, antes de meternos en el próximo gran lío. Al ensamblarlos siempre encuentras piezas sueltas, que no has colocado. Lo mismo me pasaba con los libros de autoayuda. Pero era peor: al final, me sobraban muchos trozos que no podía tirar.

Lo que si me ayudó fue ponerme a escribir papeles que corregí innumerables veces, por miedo a que alguien los leyera. Los metí en un cartapacio de cuero de grano superior. Si el contenido no valía la pena, que la mereciera el continente por lo menos. Y también las pastillas contra el insomnio que me recetó el médico después de que estuviera a punto de matarme en el coche, al salirme dormido de la carretera.

***

Estaba en un dilema. O me olvidaba de Irene o la buscaba. Me arrepentiría de cada minuto perdido. Cada día estaría más lejos. Emborronar cartas, echar parrafadas imaginarias o hacer una tragedia quizá me consolara, pero ser un alma en pena no me la iba a devolver. Me presentaría en su casa sin avisar. Si no estaba allí, su madre me podría decir dónde encontrarla.

En lo profundo, me seguía queriendo. Esas cosas se saben. No cambian de un día para otro. Me preocupaba pensar que estuviera con alguien, aunque lo único importante era que no estaba conmigo.

***

A finales de noviembre, recibí una llamada de un número desconocido y, a continuación, un mensaje. Era Pepa, la hija de Fernando, que quería hablar conmigo. ¿Para qué me llamaría en lugar de su padre?

La noche siguiente, en la oficina ya desierta, el sonido del móvil me sobresaltó. Me levanté a trompicones a buscarlo en mi chaqueta colgada del perchero.

—Hola Pepa, perdona que no te haya llamado. Se me ha ido el santo al cielo.

—No podías saber si era urgente.

Me sorprendió su tono apagado.

—¿Qué tal estáis?

—Tengo que decirte algo. Ahora puedo contártelo.

Pepa me estaba alarmando. Siguió, antes de que le pudiera preguntar:

— *Manué*, mi padre se ha muerto.

—¿Cómo?

Me dejé caer a plomo en la butaca, como si hubiera recibido un rodillazo. Con las manos en los reposabrazos y la frente sobre el escritorio, escuché su voz quebrarse, a punto de echarse a llorar.

—Este verano, mi padre estaba muy cansado. Se debió encontrar mal de verdad, porque, aunque no era nada aprensivo, fue al médico. Se hizo unas cuantas pruebas sin decirnos nada. A finales de octubre, nos llevó a cenar al Faro y, en el postre, nos leyó su informe de oncología —Pepa tomó aire y siguió—. Se le había reproducido el cáncer. Tenía metástasis. Fue fulminante.

Pepa cogió aire en silencio, mientras yo contenía la respiración.

—Ahora que lo pienso, es posible que no te contara lo de su cáncer de pulmón. ¡Él, que no fumaba desde hacía mil años!

—¿Cuándo fue? —apenas podía articular palabra.

—Hace tres días. No tuve fuerzas para llamarte antes y no quise darte la noticia con un mensaje. A ti, que no sabías nada de su enfermedad. Tampoco iba a hacerte correr para el entierro. No le hubiera gustado.

—Me has roto el corazón. Fernando era mi íntimo amigo. No me dijo nada cuando nos vimos.

—Lo sé. Te quería mucho.

—¿Cómo está tu madre?

—Demasiado entera, en su mundo. Creo que todavía no se da mucha cuenta. Ha insistido en hacerle un funeral un jueves a mediados de diciembre, antes de Navidad. ¡Vaya época para morirse! El pobre no ha podido elegir otra. Por supuesto no tienes que venir. Te lo digo sin compromiso.

—¿Cómo no voy a ir? ¡Faltaría más! Trataré de llegar antes para veros... ¿Se lo habéis dicho a mucha gente?

Se me ocurrió que Irene podía ir al funeral. Al fin y al cabo, eran familia. Me contestó que no creía que viniera mucha gente de fuera. Me quedé intranquilo.

Le dije que iría solo, porque Irene no iba a estar, y colgamos.

Permanecí doblado en el sillón. Fernando no me había dicho nada de sus análisis. Era capaz de morirse sin avisar. La última vez me dio la sensación de que estaba algo más flojo. Me pareció que se quedaba con ganas de contarme algo, pero estuve en la inopia.

No pensé que se fuera a morir. Quizás él tampoco lo supiera, aunque podía conocer ya su sentencia. Nos escribimos algunos mensajes y hablamos por teléfono. Quedamos en que me acercaría a Cádiz a final de año. Nunca me figuré que sería para su funeral.

Al llegar a casa, pinché «Absent Friends» de The Divine Comedy, y brindé una última vez por él.

Supuse que Irene no iría. Aunque tuvieron relación con la familia de su padre, hacía mucho que la habían perdido. Si iba, sería para verme a mí. Pero si quisiera verme, ya me habría cogido el teléfono. Además, podía no haberse enterado. Cuando anuncié que iría solo, Pepa no dijo nada. ¿Sabía que no estábamos juntos? La cabeza me daba vueltas, cada vez más rápido, a la vez que yo daba vueltas en la cama. Estuve a punto de caerme al suelo. Me levanté con idea de llamar a

Irene, pero… se imaginaría que iba a ir yo. «Por eso mismo, puede que no vaya. ¡Bah! ¡Qué haga lo que quiera!», dije en voz alta.

Al final, tuve que levantarme y volver a hacer la cama entera.

10.
De vuelta a Cádiz

A heart that's full up like a landfill
A job that slowly kills you

Radiohead «No Surprises»

MANUEL

Pasé media noche en vela, como siempre que viajo. Iba en coche, porque no estaba seguro de cuándo podría salir o tendría que volver y eran malas fechas para depender del tren.

En la carretera me relajé. El tráfico era cómodo y ligero. Era la mejor ocasión de escuchar música tranquilo. Repasar mis interminables listas de reproducción, preparadas para cuando llegara el momento oportuno, lo que casi nunca ocurría. Música para días fríos, para noches cortas, para hacer el amor, para acordarse de que lo hacías, para ver llover por la ventana, para escuchar en zapatillas, para cuando viene gente o para cuando no ha venido nadie, canciones de pelirrojas con acústicas, grandes cantantes antipáticos, himnos gamberros, música para afeitarte, para vestirte antes de salir, para hacer sushi, música para bailar, de esas hay ocho o nueve, o para sentirse mal, de esas hay más.

Nunca me volvieron loco los coches, pero me gustaba conducir. Mirar por el espejo retrovisor cómo desaparecía el paisaje que tenía frente a mí unos segundos antes. Un cuento musulmán decía que Dios creó el mundo liso y andadero, para que nos hiciéramos amigos. Pero que, en un despiste, el diablo hizo con sus uñas cordilleras, ríos, selvas y desiertos.

Sentí el ansia por llegar, aunque nadie me esperara. Tragarme los kilómetros, al ritmo del ruido del motor, de la música y de mis ideas desenfrenadas, que eran las que más corrían. ¿Se quedarían atrás todas las cosas de las que me tendría que olvidar? No puedes llevar tu pasado a cuestas.

Paré en la salida de Mérida, algo tarde para comer. Mientras pedía un bocadillo de presa ibérica y un café doble con hielo, recordé el último fin de semana que pasamos allí. Compramos entradas para una obra de Eurípides en el Teatro Romano. Estuvimos hasta las tantas dando un paseo inolvidable. Le hice cien fotos entre el templo de Diana y el arco de Trajano.

Hacía mucho que no iba a Cádiz. La última vez, me sorprendió que todo fuera más pequeño de lo que pensaba. Todo, menos la playa, que seguía siendo inmensa, como cuando me perdí con cinco años y le di a mi madre un susto de muerte.

Aquella vez, lo que buscaba era mi infancia, borrada para siempre, de la que me quedaba más ilusión que memoria, porque lo que recordaba o no existía o solo lo hizo en mi imaginación.

Llevaba grabadas las imágenes que cubrían las paredes de la casa familiar: los bisabuelos y algunos de los que nunca supe el nombre, mis abuelos con veinte años, como artistas del cine mudo, sus hijas y todos los que llegaron detrás. Mi abuela dejó la historia colgada en la pared, cuando se murió. No quitó ningún retrato, aunque alguno le saliera rana. Los protagonistas desaparecieron, pero nos quedaron sus fotos.

Encontré nuestra antigua casa, muy cerca de Puerta de Tierra, en una avenida que fue de «López Pinto». Cuando pregunté, nadie se acordaba de él. Era el bajo de un edificio con un gran patio cuadrado lleno de flores, en la que cabían todos mis amigos. Después, nunca volví.

Íbamos al colegio de doña Dolores. Nosotros lo llamábamos así. Tenía una solana de losas blancas, donde no podíamos jugar al futbol. Allí estaba Miriam, una niña pelirroja con pecas que era lo más bonito del mundo. Nunca me atreví a decírselo. A los nueve años se fue y no la vi más.

Después de coger una habitación en el Parador de Cádiz, me encaminé por el casco antiguo para ir a casa de Fernando. Atravesé la plaza del Mentidero, una de mis favoritas, donde los ociosos se inventaban los bulos. Aunque allí las ocurrencias nacen en todos lados. El tiempo se había congelado en el Cádiz del XIX. Me eternicé en la plaza de Mina, con los ojos bien abiertos y el corazón henchido, entre los edificios majestuosos. Árboles mágicos, de raíces retorcidas y escorzos imposibles, del año de Maricastaña, que, según dijo alguien, no era de Cádiz sino de Lugo. Mi abuela nos traía por las tardes y yo me subía por las ramas. Caminaba con las manos en los bolsillos, sin esa prisa que se lleva tan mal con el reencuentro. Despreocupado, me dejé caer ante la estatua de Francisco Espoz y Mina, a quien saludé. Los franceses nos bombardeaban con sus cañones, pero atinaban poco. Como mucho, le dieron a algún besugo. En las tabernas cantaban los tanguillos «con las bombas que tiran los fanfarrones, se hacen las gaditanas tirabuzones». Al final, se largaron con viento fresco.

Seguí por la calle de San José, mientras me desinflaba entre la indiferencia de las piedras. Por esas calles habían pasado muchos otros tan irrelevantes como yo, con aires de gloria, como si nos mereciéramos alguna bienvenida. Nadie me prestaba atención. Nada le podía importar a esta ciudad de la época de Troya. Por aquí transitaron Hércules, Aníbal y Colón, y tanta gente después. Caí en que yo podía ser de Cádiz, pero esta ciudad no era de nadie.

Correteamos esas calles de chicos y nos hicimos grandes. Siempre con la urgencia de los granos y la testosterona, demasiada para pararse a aprender algo. Despreocupados, con todo el mundo por delante. Borrachos de la libertad de elegir, aunque no escogiéramos nada. Alguno trapicheó en porros con sus sueños adolescentes. Todo muy rápido porque a los veinte ya habríamos madurado o perdido el derecho a equivocarnos. Había que llegar antes adonde fuera. Lograr el éxito, antes de empezar. Componer música sin tocar ningún instrumento. Escribir canciones sin saber redactar. Dar conciertos sin ensayar ni tener ni idea de las letras. Mi pobre padre le decía a mi madre: ¡Vamos a casarlos para que dejen de cantar! Contar lo que creíamos mirar, pero no veíamos. Sin saber muy bien por qué, éramos artistas. Muy malos, pero artistas.

***

Llegué a la puerta de la casa de Fernando. Golpeé la aldaba. El pestillo de la puerta se abrió desde dentro. La entrada daba a un patio interior, del que subía una escalinata. Pepa me saludó desde la galería del primer piso.

—Manolo, pasa y saluda a mi madre mientras termino de arreglarme. Ahora mismo bajo.

Chara estaba en el cuarto de estar, clavada a su mecedora, frente a la mesa camilla y enfrascada en la lectura. Estaba avejentada, el pelo canoso y sus claros ojos tristes. Se había echado diez años encima.

—!*Ojú*! Manolo, como me alegro que hayas venido, hijo.

—¡Como iba a faltar yo, Chara!

—Ya sabes cómo era. Se empeñó en no contarlo y esperar a ver cómo evolucionaba. Y eso que vino malo del último viaje y ya no levantó cabeza el pobre.

—Lo sé. Estuve con él justo antes de irse.

—Se fue de puntillas, sin hacer ruido. Como es él. Sin darse importancia, sin molestar. Como siempre, tan elegante.

Mezclaba el presente y el pasado para hablar de Fernando. Me dio pena.

—¡Y con muy buen gusto! —exclamé.

—En elegir a sus amigos…, sí.

—Sobre todo en escogerte a ti —le dije.

—¡Tú, tan zalamero como siempre! —trató de sonreír.

—En fin, Chara, ya sabes que nos morimos solos.

—A la muerte vamos en fila, de uno en uno… Me he *quedao* sola.

De repente se concentró en sus pensamientos. Pareció olvidarse de mí. Estaba muy unida a Fernando. Guapa y con cara de lista, que lo era un rato. Sabía de sobra gestionar a un marido más brillante que vanidoso. Hacían buena pareja. Cada uno, a su manera, era una institución en Cádiz. Chara era profesora en la universidad y divertida como ella sola. Era realmente especial, y no solo por su nombre. Como tantas gaditanas de la época, su madre le puso Rosario, por la patrona de Cádiz. Se le ocurrió llamarla Chara, como una amiga suya, en lugar de Charo, como todas las demás. Cuando se lo contó a su amiga, resultó que se llamaba Chara por Caridad. Ya no se lo cambió. La patrona debió darlo por bueno. Se lo podía haber figurado porque sus hermanas eran Esperanza y Marifé. En Algeciras había tres hermanos, Melchor, Gaspar y Baltasar. Los padres debían estar seguros de que iban a tener tres niños. Querrían asegurarles una plaza en la cabalgata.

Chara se puso a hablar para sí:

—Fernando, decías que tu cara se me iba a desdibujar. Pero te tengo metido en los pliegues de mi alma... Decías que cada día perdemos y ganamos. Te comes el mundo y luego, poco a poco, se acaba. Pero tú te lo has llevado todo de golpe...

Le cogí la mano. Me miró y, por un instante, pareció sorprenderse. Me preguntó:

—¿Tienes dónde dormir? Creo que te podemos poner en algún sitio.

—Ni se te ocurra preocuparte. Además, ya he reservado habitación en el Parador —le dije.

—Mañana vente a cenar.

—Mañana va a ser una paliza para vosotras. De todas maneras, te prometo que no me iré sin venir a comer contigo.

Pepa entró como una exhalación en medio del cuarto a darme un beso.

—Mama, me llevo a Manolo a cenar. Te dejamos que sigas leyendo, que se nos va a hacer tarde y no nos van a atender.

Se había convertido en una mujer hecha y derecha. Parecíamos una pareja que se reunía después de mucho tiempo.

—Hace la tira que no nos vemos. Estás hecho un brazo de mar —me dijo.

Pepa se apoyó en mi hombro y adoptó un tono jovial:

—¡Vamos a airearnos un poco! Te quiero llevar a una barra que se ha puesto de moda.

—Estoy en tus manos. A tu lado, hoy soy la envidia de *Cai*.

—¡No seas empalagoso, hijo! —dijo Pepa, pero le brillaban los ojos.

Pepa era algo más joven que Irene, morena con unos enormes ojos azules. Siempre nos hicimos gracia, pero era la hija de Fernando y yo vivía con su sobrina. Se hubiera podido decir que todo quedaba en familia. Apretamos un poco el paso, porque estaba refrescando.

Me reconfortaba escuchar las voces de Chara y Pepa, cantarinas y alegres incluso entonces, exageradas y húmedas. Reconstruían algo de la ruina en que me había quedado. Nos dolía todo, aunque nos sonreímos. Aquella noche estaba hecha para las confidencias.

***

Volví caminando hasta el Parador y dormí de un tirón. Esa mañana me senté en la terraza frente al mar y pedí un desayuno largo de esos para los que nunca tienes tiempo. Tomé a sorbos para no quemarme un café hirviendo, con la vista posada en el mar juguetón y espléndido. La espuma que rezumaba de las olas me invitaba a sumergirme en él. Me imaginé el sabor de la sal en la boca. Podía pasarme horas mirándolo extasiado. Como si, desde allí, pudiera flotar entre las olas y hacerme el muerto.

Ojeé un periódico sin interés y me fijé en mi alrededor. Traté de adivinar a qué habían venido los que me rodeaban.

Algunas parejas despistan porque no se sabe si trabajan o si viven juntos. Mucho menos si se quieren. Quizá, ellos tampoco lo sepan. A mi lado había una pareja con un bebe, que podíamos haber sido nosotros. Firmé la cuenta y antes de subir, di un último vistazo al mar y a la sala atestada de gente. Iba a pasarme encerrado en mi habitación hasta el funeral. Había desaparecido de la oficina, pero me había traído el trabajo.

Con bastante antelación sobre la hora, salí hacía la iglesia del Carmen, a poco menos de un kilómetro de distancia. Me asomé a la playa de la Caleta para presenciar la puesta de sol. Esa luz evocadora me recordó las tardes de tertulia con Fernando en Panamá. Le contaba mis inseguridades y me contestaba con su esperanza audaz pero no apabullante. Esa misma luz disfrutarían quienes nos sustituyeran en la conversación universal.

Me distraje por el Parque Genovés, que me pillaba de camino. Despacio, como si paseara por el jardín de mi mansión, sin hacer caso de la gente, contemplé los cipreses, las palmeras y todos aquellos arbustos exuberantes, el drago y el palo borracho. Me entretuve leyendo los nombres de las plantas. Aunque no tenía talento para la botánica, tampoco era cosa de llegar al funeral antes que el muerto. Hasta me paré en la cascada.

Había una pareja de novios haciéndose fotos. No me veía en una de esas. Antes iban solo con un fotógrafo, pero ya llevaban todo un equipo de producción. Eso me recordó el último funeral al que había ido. Era el de la mujer de un compañero. Al ir a darle el pésame me presentó a su nueva novia. Por poco no aprovechó el funeral para celebrar la boda. A unos el luto le dura toda la vida y, a otros, lo que el alquiler de la corbata negra. La muerte tan cruel tiene también su lado utilitario y prosaico. Había que morirse. No me imaginaba la eternidad yendo al despacho o al apartamento de la playa.

Crucé antes del Baluarte de la Candelaria, delante del antiguo Gobierno Militar, que ahora es un museo, con obras de un escultor que fue amigo de mis abuelos. Llegué el primero a la iglesia del Carmen, nervioso por si encontraba a Irene. Entré, no había nadie dentro. Me quedé mirando su retablo de madera dorada. A mis padres les gustaba tanto que se casaron allí. Me alejé un poco de la escalinata y me senté en un banco de la calle, frente a su fachada de barroco gaditano, para distinguir con discreción si aparecía.

A mi lado, un chiquillo *renegrío*, de ocho o nueve años, con una bolsa de chapas, se puso a gritarle a su abuela:

—¡Abuela! ¡Llama a mi padre!

Lo miré y me vi a mí, treinta años antes. Mi mismo timbre chillón y mi mismo acento. Tan familiar como desconocido. Hasta llevaba el flequillo que llevé yo. Lo volví a mirar y contuve las ganas de preguntarle, no fuera a ser mi doble o yo el suyo.

—Yo no tengo el teléfono de tu padre, ni de tu madre, ni de nadie. No llamo a nadie, ni nadie me da la murga. ¡No quiero teléfono! —gritaba la abuela todavía más fuerte.

Cuando Chara y Pepa llegaron, me acerqué a saludarlas. Confié en que el chiquillo consiguiera hablar con su padre.

***

Me quedé detrás de la Iglesia, al lado de la puerta. Desde allí podría ver a Irene. Lo normal era que no viniera. Ni ella, ni nadie de su familia.

Había mucha gente. Mirando entre las filas de los bancos, de pronto se me paró la respiración. ¿Era ella y no la había visto entrar? ¿Cómo se me había pasado?

Me acerqué hasta un asiento de detrás. La contemplé con una mezcla de temor y esperanza. Desde mi sitio, era ella. El mismo pelo, los hombros marcados, el cuello tan «comestible», hasta la misma postura. Me fijé que tenía cogido de la mano un niño chico. Ella no tenía sobrinos. Estaba al lado de un tipo alto. Esperé a que nos diéramos la paz. Allí eran muy aparatosos para estas cosas. Todos se darían la vuelta y la podría ver. Así fue. Se parecían como dos gotas de agua, aunque era algo más joven. Salí atropelladamente a recuperar el aliento. No era.

En la puerta estaba mi primo Gustavo, el pelirrojo. Nunca se supo de donde le vino ese pelo. Siempre fue un misterio. Aunque como decían por ahí, mejor no preguntar. Tito Pepe, su padre, había sido calvo casi toda la vida, pero cuando tuvo pelo fue moreno retinto, como su familia. Según mi madre, de chico era un perdulario. Y no había mejorado mucho desde entonces. Su madre era prima de la mía. Sus abuelos la llamaban *la Nena*. Ya con setenta años, seguía siendo la Nena para sus nietos.

—¡*Pisha*! ¿Qué pasa? Te has *quedao chuchurrío*.

—Lo que tiene irse a Madrid —le contesté.

A mi primo le llamaban de muchas maneras: Gustá, el ruso o *el fumao*. Y no era por nada. Estaba fumando en la puerta de la iglesia.

—Ya has *tenío* bastante, ¿sobredosis de Dios? ¡Vaya tela!

Lo miré con media sonrisa. Luego saldría con alguna *patochá* y querría que me liara un peta.

—Bueno, un funeral…, ya sabes. Lo de la muerte no es lo mío —le dije.

—Lo de nadie, primo.

De repente caí en que no podía terminar oliendo a porro en el funeral de Fernando.

El pasado no desaparece así como así, aunque tú te empeñes, por más capas de pintura que le eches encima. Se te presenta de golpe, en forma del *chalao* de tu primo, con un porro en la mano. Hay que quitarse de en medio, aunque tengas que salir corriendo. Entré otra vez a la iglesia, sin más charla. Luego, seguro que no lo volvía a ver hasta el próximo funeral. Lo mismo era el suyo.

11.
Sorpresas y despedidas

I got a stone where my heart should be
And nothing I do will make you love me

Dan Auerbach and Patrick Carney, «Lies» The Black Keys

MANUEL

A la salida del funeral, la patulea de las amistades y los vecinos se desperdigó por la acera. Se juntó medio Cádiz. Me alejé un poco del tumulto de la gente que se saludaba. Nunca falta el curioso inoportuno, aparte de la caterva de los simpáticos que viven del desparpajo. No estaba para conocer a nadie. Ya había cumplido antes con la familia. A mi primo no lo vi. Y de Irene, ni rastro.

Entre la gente, me pareció distinguir a Hugo, su hermano. Era como ella pero en *aplatanao*. Tanto que, aunque estuviera moreno, siempre le faltaba color. O más bien, vida. He tocado con algunos insípidos como él, con técnica pero sin alma. Puedes aprender lo que no sepas, pero... el espíritu no se compra.

Al acercarme, me sorprendió ver que me recibía con una mirada torva.

—Hola, Hugo, me alegro de verte. Estás muy cambiado. Te has dejado una barba espectacular.

—Espero que no tengas nada contra ella —contestó con gesto áspero y siguió—. ¿Dónde está Irene? No la he visto.

—No ha venido.

—¿Se ha quedado en Madrid?

—Creí que te lo habría dicho —le dije.

Hugo me preguntó con la mirada. No debía saberlo.

—Cortamos en septiembre. Hace tres meses que no hablamos. Me ha dejado. Pensé que, a lo mejor, venía contigo. Está pendiente del segundo ejercicio de su oposición. ¿No está con vosotros? —continué, algo molesto.

Hugo seguía callado, como si esperara más explicaciones. Nos alejamos un poco, cruzamos la avenida y nos paramos en la alameda, delante de la escultura de un santo.

—¿Qué dices? —Me miró con desconfianza—. No, claro que no está con nosotros. Me dijo que vendría al funeral.

—Me hubiera gustado que viniera.

—No lo entiendo. Le envié un mensaje cuando murió Fernando. Me contestó que me ahorrara el viaje. Ya vendría ella en representación de la familia. Supuse que venía contigo. Quería verla. Desde antes del verano, no aparece por casa.

—¿No vive ya con tu madre? —le pregunté sin entender.

Se puso algo impaciente.

—Te he dicho que hace meses que no la veo —me espetó.

No podía dar crédito a lo que me estaba diciendo.

—¿Te ha escrito que iba a venir? y ¿cómo no ha venido? —le pregunté.

—¿No lo sabes tú? Tendrá que estudiar.

—Si..., ¿me dejas ver los mensajes del móvil?

—¿Para qué? Me parece raro que me lo pidas —se resistió.

—Más raro es que se la haya tragado la tierra.

Hugo me pasó su móvil, después de buscar los mensajes. Me sorprendió que Irene utilizara otro teléfono.

—Muchas gracias. ¡Claro! ¿Cómo va a contestarme los mensajes? Irene ha cambiado de número.

—Este es el suyo. Por lo menos desde el verano. Es con el que me escribe.

Hugo me enseñó mensajes de Irene de finales de junio. No me lo esperaba. Irene tenía otro móvil, distinto del de siempre. No había razón para que Irene usara dos teléfonos a la vez. Nos habíamos separado bastante del grupo. Ventajas de no ser conocidos por la concurrencia.

—Hugo, no quiero parecer un neurótico, pero esto es muy raro. ¿No sabes dónde está Irene? ¿Te ha dicho algo más?

—Hace mucho que no hablamos.

De pronto endureció el rostro y alzó la voz:

—¿Por qué te ha dejado? ¿Le ha pasado algo?

—Se cansó de mí. No le ha pasado nada que yo sepa.

Me miró sin acabar de creérselo. En las películas, el culpable siempre es el último en ver a la víctima.

—Nos queremos mucho. Al menos, yo la sigo queriendo. Estoy tan preocupado como tú —le dije.

Luego, me pareció que le cogería el móvil a su hermano.

—Hugo ¿me dejas llamarla con tu móvil? Te puedes quedar a escuchar, si quieres.

Primero la llamó él. Al rato lo hice yo. El timbre del teléfono sin respuesta nos inquietaba. Permanecimos atentos, callados. No había lugar para la charla informal. Hugo sabía que Irene estaba estudiando, pero no la nota del primer ejercicio. Supuse que todavía no había hecho el segundo, aunque ya no estaba seguro. No lo cogió. Nos miramos incómodos como si supiéramos que teníamos que hacer algo, aunque sin saber qué.

—Bueno, no andará muy lejos. Irá a casa de tu madre, tarde o temprano.

No me contestó. Nos despedimos hasta la mañana siguiente. Desde lejos le dije adiós a Pepa. No me sentía capaz de ir a su casa. Estaba conmocionado. Volví a la habitación sin ganas de cenar y me asomé a la ventana mientras desgranaba las cosas que ignoraba de Irene, la mujer que mejor había conocido hasta esa tarde.

***

A la mañana siguiente quedé a desayunar con Hugo, que se volvía después. Nos dimos los números de móvil. Le pedí que me mantuviera al día. A regañadientes me concedió que, cuando hablara con Irene, me lo diría. Si a ella no le parecía mal. Me hacía responsable, aunque no lo dijera. Admito que también era duro para él. Nunca habíamos congeniado y, quizá por eso, le juzgaba mal.

Hugo le preguntó a su madre si tenía noticias de Irene. Le contestó que estaba conmigo.

Recordé que hablaba mucho de su amiga Marianne. Eran íntimas. Incluso había pensado en irse a vivir a su casa. Debía saber dónde estaba. Hugo la conocía. Se encargó de llamarla. No le sería difícil conseguir su teléfono.

Hicimos una lista de sitios en los que preguntar, aunque apenas nos darían información. Si no tuviéramos noticias, podíamos contactar con un detective. De eso me encargaría yo, si llegaba el caso. Hugo propuso hacer algún tipo de campaña en los medios de comunicación.

—A lo mejor solo quiere cambiar de aires. Se ha pasado dos años muy agobiada —dijo Hugo.

La intuición me decía que había algo más.

—Es posible que tengas razón, pero no podemos quedarnos de brazos cruzados.

PEPA

El día siguiente empezó tarde y *desganao* por el luto. Unas nubes triponas manchaban el cielo, con pinta de pocos amigos. Había saltado el poniente que te congelaba los huesos y amenazaba con convertirse en un vendaval por la tarde. El mar se hacía notar a lo lejos.

Mientras hacía mi cuarto, no me quitaba a Manolo de la cabeza. Aunque viniera muy guapo y se hiciera el simpático, traía una mirada triste. No era él.

Me extrañó que, sin venir a cuento, me dijera que venía solo al funeral. Pude preguntarle donde estaba Irene. Pero a mí, Irene me tenía *atragantá*. Era mi prima, dos años mayor que yo. La más guapa y la más lista. Mi padre había tenido relación con Hugo, su hermano, en la época en la que el tito los dejó tirados y mis abuelos los ayudaron. Nos separamos con el tiempo. Nos veíamos de Pascuas a Ramos. Luego ni eso. Hacía unos tres años que no la veía. Fue en un concierto de Manolo en Madrid, al que acompañé a mi padre.

Manolo llamó a media mañana. Estaba con Hugo pero prometió acercarse a comer. Después, se puso a diluviar.

Llegó a la hora en punto. Venía *calao*.

—¿Qué tal con Hugo? ¿Os ha llovido?

—Sí, una *jartá* de agua... —respondió.

—¿Estabas con Hugo? —pregunto Chara, que no se quedaba quieta por la casa recogiendo—. ¿Cómo no le has dicho que viniera?

—He sido yo —zanjé—. Es un *saborío*. No le he dicho nada

—¡*Ojú*, hija! pues me hubiera gustado verlo. Aunque tienes razón. Mejor comemos los tres solos —ella se daba todas las explicaciones.

—¿Sigues tocando? —le pregunté—. Hace mucho que no das un concierto.

—Nada, aunque voy a empezar otra vez —dijo, pero me pareció que tenía pocas ganas de comenzar nada.

—¿Vamos a tener nuevo disco? —era una pregunta retórica—. ¿Te acuerdas de cuando vinisteis a tocar aquí?

—Sí, éramos los Infaustos. Cuando me compré mi primer equipo lo llevé por todo Madrid, desde Prosperidad. El altavoz pesaba un quintal y medía como un metro y medio. Tenía, menos mal, ruedas. Un *colgao* que me vio le dio un gran abrazo y le llamó Fausto. Y por eso...

—Lo pasamos muy bien.

—Sonamos fatal. Tú te liaste con el batería, que se marchó contigo sin recoger. Estaba *pirao*, pero era una máquina.

—Era simpático. Como no podía con el de la guitarra, me fui con el batería —dije.

—¡Anda ya! Tú no me hacías ni caso— protestó Manolo.

—No ni *ná* —contesté.

—Imagínate que nos enrollamos... ¡lo que hubiera dicho tu padre!

—Lo que pasa en las Vegas, permanece en las Vegas —le dije.

—De eso nada, Pepa. Lo que pasa en las Vegas nunca se queda en las Vegas.

—Tendríamos algo que contar... —seguí.

—Nos va a oír tu padre desde donde esté.

—O Irene —le dije.

Me di cuenta de que le había dejado tocado, aunque pretendiera no acusar el golpe.

—¿Os pasa algo? —pregunté.

—Estamos en un bache.

—Ya..., pero vivís juntos, ¿no? —aventuré.

—Hace bastante que no. Nos vemos las temporadas que coincidimos en casa. Bueno, nos veíamos— me respondió.

—Mi padre me dijo que estudiaba fuera, pero nada más. No le gustaba hablar de la vida privada de nadie.

—Ya. Ni de la suya... —continuó.

—No voy a meterme en camisa de once varas... pero ella se lo pierde. Tú vales más, de aquí a Lima —le dije.

—No creo.

—Vamos ¡no vale la pena quedarse *enganchao*! —le sonreí con mi mirada más seductora—. Más se perdió en Cuba.

—Y volvieron cantando... —Manolo remató mi frase.

—Lo que nos hace falta es más humor, en vez de tanto amor. El amor está sobrevalorado.

—Pero duele —dijo.

—Hay que pechar con lo que hay. También te duele si te muerdes la lengua —le dije.

—Todavía me acuerdo de cuando mi padre me pilló el pulgar con la puerta del coche. Mi madre no venía; la que le armaría a mi padre en casa... —dijo Manolo.

—Acuérdate de cuando el médico decía que no te iba a doler y veías las estrellas —dije.

Nos interrumpió mi madre con la comida.

—Mira a ver si está bien de caliente.

—Sopla antes de metértela en la boca —le advertí a Manolo—. ¡La de veces que me he *quemao*!

MANUEL

Me quedé hasta el domingo. Me venía bien descansar algún día y nada me esperaba en Madrid. Desde luego, nada bueno. Después de dejar a Hugo, comí en casa de Fernando. Chara no nos dejó hacer nada. Nos puso berza y *pescaíto* frito. Tenía buena mano. Compré un buen tinto de Arcos de la Frontera. Chara me dijo que no tenía el cuerpo para brindar. Sin querer parecer insensible, le dije que convenía que se fuera animando. Lo último que querría Fernando es que se enterraran en vida. Sabrían reponerse, aunque tardaran un poquito. Quizá no estuvieran para los carnavales, pero ya las veía en todas las procesiones de Semana Santa.

Escampó después de comer y Pepa me acompañó hasta el Parador. Sentados en la terraza, contemplamos el espectáculo barnizado por el sol, mientras el crepúsculo se adueñaba del cielo. Mi abuela decía que se ponía así de rojo porque la Virgen estaba planchando. Guiñamos mucho los ojos para imaginarnos el rayo verde.

Por fin el mar engulló la última estela del sol. Luego, tras una penumbra pasajera que emborronó los colores y derritió las sombras, la noche cayó sin remedio. Me gustan las puestas de sol, como a todo el mundo. En eso soy poco original, salvo que, como animal nocturno, espero que el sol arrastre todos los malos rollos con él. Las mejores sorpresas son por la noche. Se me ocurrió que, a lo mejor, Irene estaba esperándome en mi habitación... No, ni pensarlo.

Pepa me arrancó algunas risas. Le prometí no tardar en volver. Se levantó para irse. Dio dos pasos y se volvió sonriente, mientras se columpiaba sobre sus talones como una niña chica.

—¿Qué quieres? —le pregunté.

Me lo estaba diciendo con los ojos.

—Eres lo más parecido que tengo a un hermano mayor —me dijo.

—Me gusta serlo —asentí con la cabeza, agradecido.

—Bueno, en realidad no eres como un hermano. Ya sabes —me dijo.

—No sé... Anda, ¡tira p'alante!

—No te hagas el tonto, Manolo —se dio la vuelta y se fue.

La seguí con la vista mientras caminaba moviendo el culo con sus vaqueros. Se volvió y me pilló mirándola.

—¡Viva la Pepa! —grité.

Se echó a reír y siguió, exagerando el movimiento.

Quizás en otro momento, en otra vida...

12.
El cierre del año

Everyone says I'm getting down too low
Everyone says you just gotta let it go

Mark Oliver Everett, «I Need Some Sleep» The Eels

MANUEL

Si hay lunes que son más lunes, el de mi vuelta de Cádiz, fue uno de esos.

El domingo, desde el coche, llamé por teléfono a un penalista, compañero de mi primer despacho. Le hablé de la desaparición de mi novia. Dije «mi novia». Se acordaba de ella: «¡Cualquiera se olvida!». Le pregunté qué podía hacer, aparte de lamentarme. Si denunciar serviría para algo. No tenía relación formal con ella, ni derecho a seguirle la pista. Se podía haber ido sin más. Y si no la encontraban, no quería pensar que la policía me terminara investigando. Mi amigo quitó hierro al asunto, aunque me pidió que no hiciera nada por el momento. Que no me pusiera neurótico. Que estuviera sereno..., ¿sereno? Estaba que no vivía. Me tomé una pastilla y me acosté.

Por la mañana, el narcótico había hecho su efecto. Me enfrentaba a la semana de cierre del año. Había que prepararse para lo peor, aunque, para mí, hubiera empezado mucho antes. No me preocupaba mi futuro laboral. Solo me podían echar del trabajo..., ni meter en la cárcel, ni torturar, ni asesinar. ¿Qué me importaba el futuro, si vivía en el pasado? Me perseguía la sombra de lo que le hubiera ocurrido a Irene. Si estaba harta de mí, podía haberse largado sin más. Pero su hermano debería saber algo. No me fiaba del todo de Hugo, aunque era imposible que mintiera. Su reacción había sido espontánea. No era tan buen actor, ni tan mala persona.

Nuestra vida en común se había cubierto de sospecha. Ni siquiera podía echarle la culpa, porque no sabía de qué. Podía tratar de odiarla. Olvidarla sería más fácil así, pero ¿cómo iba a odiar a Irene?

Me había mentido la última noche. Si estaba con otro, me lo podía haber dicho. Lo hubiera tratado de entender, con tal de que no me dejara. Tener otro móvil ¿suponía tener otra vida? Hay mucha gente que tiene un móvil del trabajo, pero ella estaba estudiando. O ¿eso también era falso? A lo mejor estaba con Marianne. ¿Qué pintaba ella en este embrollo?

Centrado en mis pensamientos, esa mañana me hubiera pasado de parada de metro si no me hubiera avisado una compañera del despacho. No la había visto. Se me acercó. Era nueva y no me sonaba, pero me saludó por mi nombre y me dijo, con voz cantarina, que esa era nuestra parada.

—¿Te bajas?

Salimos de la estación y caminamos juntos. Alta, tenía un rostro agradable y un traje corto de chaqueta que le sentaba bien. Me miraba como a uno de sus jefes. Sin especial interés ni ganas de charla, le pregunté lo que hacía, por mera educación. Abrió los ojos entusiasmada y me expuso sus primeros pleitos. Recuerdo su explicación, pero no su nombre. Creo que nunca lo supe.

En la acera de la entrada se encontró con otra que tampoco conocía, lo que me permitió adelantarme.

Aunque había estado fuera pocos días, me volvió a impresionar el edificio. Me metí en el ascensor, que subía con bastante gente. Cuando iban a cerrarse las puertas, entró la chica de antes con su compañera. Ascendimos casi sin interrupción hasta los últimos pisos.

A veces, cuando estoy en algún sitio cerrado, me imagino un cataclismo mundial. ¿Qué ocurriría si, al salir, solo quedáramos nosotros? Tendríamos que resistir y buscar supervivientes. Me fijaba en los que estábamos para asegurar la conservación de la especie. Había dos tipos con aspecto triste. Uno, más que pinta de triste, tenía fama de gafe. Había una chica joven, que debía ser becaria y nueva, y las dos de antes. Podríamos reproducirnos. También estaba la secretaria del socio principal, que era la mayor del grupo. Me saludaba o no, según la opinión que su jefe tuviera de mí en cada momento. Esta vez había estado fría. Nos daría problemas en la hecatombe mundial. La enviaríamos fuera, como embajadora, a ver si encontraba a alguien. Con suerte no volvía. Había otro abogado de mi edad, serio, alto y calvo, y un tipo con pinta de mensajero. ¡Mejor que el fin del mundo fuera otro día!

***

Era el Día de los Inocentes. El despacho se llenó de culpables.

Por la tarde, nos reunimos con Pepote Roca, que prometía convertirse en uno de nuestros mejores clientes hasta que su nombre salió en la prensa. Desde entonces, encabezaba la lista de nuestros problemas. Corrían muchas historias suyas entre los compañeros. Le tocaba la lotería con inusitada frecuencia. Contaban que tenía distintos documentos de identidad. Acumulaba peligros y sorpresas.

Pepote añoraba la época en la que era una autoridad. Echaba de menos ser el centro de atención. No perdía el momento de hablar en cuanto tenía público, viniera o no a cuento. Por eso, nos sabíamos todos los detalles de su vida.

Me había llamado hacía unos meses, porque le daba miedo salir en las noticias. Le contesté que ese era el menor de sus problemas. El principal podía ser la cárcel. Se lo solté de sopetón, para quitármelo de encima, pero no lo conseguí. Al revés, según él, fui el único que le habló claro.

Pepote venía de una familia sencilla de agricultores de uno de los pueblos blancos. Aplicado, buen chico y el ojito derecho de su madre, que decía que era su vivo retrato. A su padre todo eso le resbalaba, mientras pudiera irse con los amigotes a ver al Cádiz al Ramón de Carranza.

La madre tenía mucho temperamento. Era una señora vestida de negro, de las que siempre estuvieron allí, desde que se fueron los moros. Los años se le contaban por los surcos en la cara curtida al sol. No había leído un libro, pero del pueblo sabía más que nadie.

Para ella, estaba lleno de maleantes. De esos que se dedicaban a vender drogas o aparatos de dudosa procedencia, si es que cabía alguna duda. Todo a pequeña escala. En el instituto se notaba el cansancio de los profesores, funcionarios resignados, que habían tirado la toalla hacía ya tiempo.

Se empeñó en enviar al niño lo más lejos posible. Había que alejarlo de su primo mayor, temido por los vecinos del pueblo y sus aledaños, más tarde, habitual del cuartelillo y, por fin, del juzgado de menores.

La madre no paró en barras hasta salirse con la suya. Despachó al niño a estudiar a Sevilla, donde vivía su hermano, padrino de Pepote, que lo acogió en su casa. A Pepote le tiraba el pueblo. Lloró todo lo que pudo, pero su madre era un hueso duro de roer. Tuvo que resignarse y se lo agradeció toda la vida. Estudió una de esas carreras que ni enseñaban mucho ni dejaban de hacerlo. En la universidad, Pepote fue alumno de un político poco conocido que lo introdujo en su círculo. Uno de esos políticos de tres al cuarto que solo pasan a la historia si les suena la flauta, traicionan a su partido o van a cárcel. No era su caso. No había aparecido en ningún proceso penal, ni de testigo. Nunca se le ocurrió engañar ni a su mujer Amparo, una señora de armas tomar que, según Pepote, estaba bastante buena. Ni siquiera se cambió de partido cuando se le presentó la ocasión.

Su profesor entró en el gobierno regional y tiró de Pepote para dirigir una de las sociedades de la red pública. En el pueblo lo celebraron mucho. Algo sacarían.

Pepote tomó posesión con poca confianza, pero se fue haciendo con el puesto. Estaba para lo que le mandaran, mientras disfrutaba de su amplio despacho, su presupuesto desahogado y la posibilidad de colocar a algún sobrino.

Al jefe se le torcieron las cosas hasta que lo cesaron. No llegó a entenderse con el nuevo. Tuvo que hacer la vista gorda, lo que le pasó factura. Ya fuera, aprovechó los contactos que había hecho y se dedicó a diversas actividades no muy escrupulosas con la ley.

Fue así como, hacía tres años, Pepote apareció en el despacho, en medio del regocijo general, que solo algunos cenizos desechamos. Nunca me ha fallado la primera impresión.

Hicieron y deshicieron estructuras poco claras en jurisdicciones muy oscuras. En el verano, había salido en la prensa a cuenta de algunas investigaciones de Hacienda. Ya nadie lo recordaba. No le iban a señalar por la calle, pero bastaba con que la Administración lo hiciera. Pepote no trajo nuevos clientes tras él, como esperaban todos, sino, ironías de la vida, al propio fiscal anticorrupción.

Parte II:
La partida

Nada, ni yo ni nadie, puede andar tu camino por ti;
tú mismo has de recorrerlo
No está lejos, está a tu alcance.
Tal vez estás en él, sin saberlo,
desde que naciste.

Walt Whitman (traducción de León Felipe), *Canto a mí mismo*.

Part II

13.
Mi nueva familia

The most tender place in my heart is for strangers.
I know it's unkind, but my own blood is much too dangerous [...]
That echo chorus lied to me with its: «Hold on,»

Neko Case, «Hold On, Hold On»

IRENE

Mentiría si dijera lo contrario. Me costó marcharme de Madrid. Salí sin hacer ruido ni encender la luz, porque Manu se despertaba con el vuelo de una mosca. Recogí mis cosas con el brillo de la pantalla del móvil. Tuve cuidado de no tropezar con sus zapatos, que siempre dejaba por en medio. Me aseé como pude en el baño. Todo, yo entera, olía a él. Sentí despedirme a la francesa, pero era la única manera de irme. Cogí la puerta del ático. La dejé encajada. Ni siquiera me atreví a cerrarla. Bajé la escalera de servicio hasta el montacargas, pero no lo cogí. Era tan ruidoso que lo despertaría a él y a todo el vecindario también. Más tarde, recordaría el tufo hediondo del zócalo subterráneo, que nunca se iba del todo por mucho que lo limpiaran. Crucé el portal de la antigua casona y me volví a mirarla por última vez.

Era de noche todavía y chispeaba. Pedí un taxi a la dirección donde me esperaba Marianne con los billetes. De pie en la acera, grabé la imagen de la calle desierta que había sido el escenario de mi vida. Donde había sido feliz. Empecé a impacientarme. No quería pensar. Me pondría melancólica y nada podía hacer.

A esa hora no había tráfico. Le rogué al conductor que no se diera prisa. Me miró por el retrovisor con extrañeza, pero aflojó la velocidad. En la radio un locutor noctámbulo presentaba canciones de Frank Sinatra. Sonó el «New York, New York», con la que nos cerraban las discotecas. Era el momento en que los cinco o seis que quedábamos en la pista nos abrazábamos hasta la siguiente. Más que a Manu, dejaba atrás buena parte de mí. Las tardes por los bares de Malasaña, los conciertos y el teatro de unos aficionados entusiastas. Las noches calurosas de julio, con las ventanas abiertas y las cañas con los amigos que exudaban cerveza. En cada calle, las fachadas, las plazas y los cafés. Sentí el vértigo del desarraigo, mientras mi pasado se borraba a la vez que San Bernardo o Chamberí.

Marianne había insistido en que la acompañara a dormir en casa de unos conocidos, después de ver a Manu. No se fiaba de mí. Pero no pude dejarlo solo. Esa noche le pedí a mi amiga que no se preocupara y apagué el móvil. En el trayecto, pude leer sus mensajes apremiantes. Encontré uno de esa madrugada del propio Thomas, que me echaba en cara mi debilidad. A punto estuve de contestarle, pero preferí no hacerlo. Podía estar durmiendo, aunque para mí, que Thomas era insomne. Avisé a Marianne, para que estuviera lista. Me contestó al momento. No me extrañó, a pesar de la hora.

Al llegar, mi amiga me esperaba vestida, con cara de haber pasado mala noche.

—Lo que me has hecho sufrir por un polvo —me dijo.

—Lo siento. Tenía que quedarme. Perdóname.

—Sí, sabes que te perdono. Pero esta es otra prueba, la definitiva, de que es tóxico para ti. ¿Lo ves?

—Claro. Mi familia eres tú. Sois vosotros. Nada me queda aquí.

Después, le entregué mi móvil.

14.
Mi mejor amiga

I want to be your only friend. Is that scary? [...]
where the seed of soul-sucking grows.
When each who comes around you takes some of your life.

Will Oldham (Bonnie Prince Billy), «My only friend»

IRENE

Conocí a Marianne un año y medio antes.

El invierno después de acabar la carrera lo pase sola en Madrid. Manu iba a estar dos o tres meses fuera. Me estaba amargando la vida, enterrada entre los libros de la oposición. No salía más que dos tardes a la semana para la academia y algunos sábados con los amigos. Tenía la casa hecha un desastre. Ya ni me hacía la comida. Empecé a fumar como un carretero. Estudiaba por las noches y perdía el tiempo por el día. Cuando dejé de dormir, no aguanté más. Le di un ultimátum a Manu y me fui.

La vuelta a casa tuvo aire de derrota. Al llegar, los abrazos de Hugo, los besos de mi madre y el recibimiento de los conocidos me tuvieron entretenida. Pero el recreo acabó pronto.

Mis antiguas amigas no pudieron ocultar cierta mirada de triunfo que no me pasó desapercibida. Pensarían que mi novio godo se había cansado de mí. Había aguantado demasiado. Tampoco tenía ganas de estar con mi madre. La alegría se le fue pasando cuando vio que no hablaba de irme. Nunca superamos del todo nuestra rivalidad. La tregua tácita funcionaba bien de visita, pero éramos incompatibles. No perdía la oportunidad de mostrarme que su casa era suya y de nadie más. No discutíamos porque hacía su vida y pasábamos días sin vernos. Además estaba radiante, estrenaba novio y no le faltaba el trabajo. En su mejor momento, como nunca de guapa y delgada. Me cogía prestada la ropa. Lo peor era que la tía debía follar mucho más que yo.

No sé si fue por la pena de dejar a Manu, por la sensación de soledad o por el tedio de la oposición, pero mis jaquecas se hicieron más punzantes. Me encerré en mi habitación en penumbra.

El dolor no por conocido era más soportable. Un puñal me cortaba en dos, de abajo a arriba. Sentía como si me fuera llenando de un veneno viscoso que burbujeaba. Me intoxicaba poco a poco. En la sucesión de pequeñas erupciones volcánicas, dentro de mi cráneo, confundía las tinieblas de mi cuarto con las de mi alma. Los ojos y los oídos, como respiraderos, también me dolían.

Con Manu hablaba muchos días. Pero no podía perdonarlo sin más. Mis sueños y las ilusiones se habían quedado en el cajón de nuestra mesilla. No volvería a ser tan feliz como cuando empezamos. Empecé a echarle la culpa de todo.

Mi hermano Hugo era el más contento de verme. Me visitaba a veces, cuando salía de la consulta. Al cabo de unas semanas, me trajo una invitación a un acto sobre terapias alternativas al que iba a ir Marianne, una chica que conocía. Era en un local municipal que quedaba cerca. No perdía nada por ir. Le pedí que me acompañara, pero se escaqueó en el último momento. No quería encontrársela. Supuse que habían tenido alguna relación, pero ninguno de los dos me lo quiso aclarar. Allí vi a Marianne, una alemana dos años mayor que yo. Me esperaba sonriente a la puerta del local. Hablaba con un fuerte acento, aunque su familia se había mudado a la isla hacía bastantes años. Tenía sitio reservado para las dos.

Era muy rubia, casi albina, con ojos de un azul tan brillante que no parecía real. Algo más alta que yo. No era del todo guapa, aunque destacaba por su pinta de extraterrestre, labios afilados, como si estuvieran cortados de un tajo, y orejas que parecían alargarse por las puntas. Tenía algo enigmático. Era una guiri. No era de aquí, pero tampoco de ningún otro sitio en particular. Llevaba una chaqueta de terciopelo oscuro, con cuello a la caja, sobre un vestido por la rodilla. Se adivinaba que tenía buen tipo. Al salir, me acompañó a casa.

Unos días después, me trajo la guía de las terapias de las que habían hablado en la sesión. Ya no se apartó de mí. Mi hermano me confesó que le había dicho que estaba un poco colgada. Aunque protesté, tenía toda la razón. Era peor, estaba sola.

Empecé a ver a un preparador una vez por semana. También daba clases de inglés a unos cuantos niños, lo que nunca pude hacer en Madrid por la competencia que había. Era poco dinero, pero no estaba yo para hacerle ascos. Con tanta ocupación, me quedaba poco tiempo para compadecerme.

Marianne se convirtió en mi nueva mejor amiga. La única cuando terminé de perder a las antiguas, que me aburrían tanto como me envidiaban.

Conocerla era lo único bueno que me había pasado, desde que volví de Madrid. Mi amiga decía que había tardado mucho en salir de allí. Si no hubiera vuelto, no nos hubiéramos encontrado. Cuando estábamos juntas, solo existía yo para ella en el mundo. Lo que ya no me pasaba ni con Manu. Era el ángel plantado en medio de mi purgatorio. Se lo contaba todo. Me sentía acogida y querida.

Se expresaba con las manos y todo su cuerpo. Me clavaba los ojos muy abiertos, hipnóticos como los de la serpiente Ka, de la película de *El Libro de la Selva*. En pocas semanas, nos hicimos inseparables. Siempre estaba disponible o aparecía en casa por cualquier motivo, salvo las mañanas que trabajaba en una gestoría.

Al cabo de unos meses, cuando mejoró el tiempo, empecé a quedarme a dormir con ella los sábados, en la casita ruinosa que compartía con algunos amigos en la playa. Me acogieron como si me esperaran desde siempre. Era un grupo compacto de íntimos. Cuando quedaban, iban todos a la vez. Me recordaban los grupos de adolescentes, pero más viejos. Se lo comenté extrañada. Era lo normal, según ella. Las raras eran las relaciones que yo había tenido hasta entonces. El grupo, por lo demás, era poco homogéneo. Junto a los amigos *hippies*, había uno o dos sanitarios, una abogada, que trabajaba con ella, y algunos estudiantes, los más jóvenes de todos. Se desvivían por mí, aunque no siempre me entendieran.

Me olvidaba de todo al lado de Marianne. Si hacía bueno, nos bañábamos desnudas a la luz de la luna o las estrellas. Nos quedábamos dormidas hasta que, al alba, el frío nos despertaba y corríamos a guarecernos. Eran unas vacaciones en el paraíso. Habíamos vuelto a la naturaleza, libres de padres fugados, amantes tóxicos o madres huidizas. Empecé a fumar algo más, aunque ella nunca consumía tabaco. Vivíamos en una loca ensoñación. Alguna noche hicimos el amor en la playa con alguno de los chicos, una al lado de la otra. Cuando volaba a estar con Manu iba con remordimientos. Pero Marianne me los quitaba con eso de que él haría lo mismo. De todas maneras..., ¡no haberme dejado sola!

Una de esas noches le pedí a Marianne que me contara algo de su vida. Sabía que su padre la abandonó como a mí. Yo era un libro abierto. En cambio, a ella le costaba desahogarse. Me hizo prometerle que no se lo diría a nadie. Tuvo una infancia más triste en una familia peor. Sufrió también sus desengaños con amigas y amantes, pero, en ese momento, era más feliz que nunca. Me sentí impresionada y agradecida de que se preocupara por mí, que lo había tenido mucho más fácil.

Cuando iba a Madrid, la echaba de menos. Nos enviábamos mensajes cada día y, casi todos, hablábamos por teléfono. Mientras estaba fuera, se encargaba de las gestiones que no podía hacer yo, de mis citas médicas o de mis medicinas. Y a la vuelta me esperaba con alguna sorpresa de bienvenida.

Le hablé a Manu de mi nueva amiga, pero no me hizo mucho caso. No le interesaba mi vida lejos de la suya. Entonces me hubiera gustado que se conocieran. Eran las dos personas que más quería en el mundo. No sé si se hubieran caído bien, pero creo que lo hubieran intentado por mí. Marianne era muy posesiva. Manu, alguna vez, me preguntó en broma si tenía que ponerse celoso de ella. Aunque me reía con la guasa, tenía su parte de razón.

15.
La magia

You take the torch and I follow the leader.
You'd be my master and I'll be your fever.

Villagers, «The Pact (I'll Be Your Fever)»

IRENE

Thomas se plantó sin previo aviso en la casita de Marianne una de aquellas noches de sábado. Muy elegante, con un traje negro, sobre el que llevaba una casaca de cuero gris, y con una gorra de explorador. Mayor y algo más alto que Manu. Era guapo. Se notaba que lo sabía de sobra. Su presencia irradiaba energía, cautivaba.

Se acercó directamente hacia mí, con una sonrisa, y me tendió la mano. Me impresionó su interés.

Tenía una nariz aguileña, labios finos y una sonora voz de barítono, que impostaba un poco. Hablaba como deben hacerlo los oráculos. Sus ojos eran fríos, tan brillantes que parecían inhumanos, despiadados como los de un ave de presa. Al mirarme, penetró hasta mi último rincón. Me sentí desnuda y me cubrí el pecho con un brazo, de modo instintivo. Cuando me di cuenta, lo retiré avergonzada y traté de adoptar un gesto natural. Nos sentamos aparte y tomamos un mate que Marianne nos ofreció. Le hice un gesto para que se quedara con nosotros, pero ni me miró. No quitaba los ojos de Thomas. Se retiró sin hacer ruido.

Nos dejaron tranquilos durante la hora entera de nuestra conversación. Me preguntó por mis molestias, de las que ya le había hablado Marianne. Traté de contarle mis aficiones. Podía ser la manera de llevar la conversación a un terreno neutral. Le hablé de la música que amaba, pero me cortó. Me preguntó lo que estaba estudiando y si necesitaba trabajo. No pude decirle gran cosa, más allá de mis estudios y de las clases de inglés con las que trataba de pagar los vuelos a Madrid.

Se calló por un momento, entornó los ojos y pareció meterse en un mundo interior que estaba prohibido para mí. Uno en el que solo debía vivir gente como él. De repente me preguntó:

—¿Tú qué quieres hacer? ¿Vas a vegetar durante unos pocos años para morir sin más? ¿Qué haces aquí con Marianne?

Balbuceé algunas contestaciones que le parecieron insuficientes. Luego, su voz sonó algo más dura.

—Solo cuando seas capaz de darme una contestación real, podremos continuar nuestra charla.

Se levantó sin más, como si hubiera estado haciendo un esfuerzo conmigo y salió. Marianne lo acompañó afuera y volvió para preguntarme lo que me había dicho. No me dejó hasta que no se lo conté todo, con pelos y señales. Le reconocí mi fragilidad ante Thomas. Me aclaró que era lo normal, pero no tenía de qué preocuparme. Todo su magnetismo lo utilizaba para ayudar a los demás. Al revés, era una privilegiada por haber despertado su interés. En su momento, lo comprobaría.

Thomas había preguntado por mí, ese verano, mientras estaba fuera. Marianne quería que lo viera. Yo no lo tenía muy claro. Hacía poco que había vuelto a la isla y no me apetecía ir a verlo tan pronto. Me fascinaba, pero me asustaba. Si iba, me haría bien. Pero no estaba tan segura de que, al curarme, no me hiciera algo de daño.

—No sé si ir. Thomas me intimida un poco. Además, hace semanas que no tengo ningún ataque de migraña.

—Irene, no estás bien. Nadie está del todo sano. El que dice que está bien es un presuntuoso —me dijo.

—¿Todos estamos malos? ¿También Thomas?

—No creo, aunque él también tendrá sus cosas.

—Y si estuviera enfermo, ¿la enfermedad no le afectaría? —traté de darle largas.

—¡Venga! No me marees más y ve.

Me fie de mi amiga. Habían pasado ya unos cuantos meses desde nuestro encuentro. Marianne no me iba a poder acompañar. No hacía falta. Me dijo que era mejor que fuera sola.

***

Había entrado octubre. Le pedí el coche a mi hermano. Thomas vivía en un sitio apartado al que no hubiera llegado sin todas las indicaciones de Marianne. Parecía una aventura. Me hizo gracia. Salí de la oficina de mi preparador y conduje durante una hora.

La primera parte de la carretera se internaba hasta una zona poco habitada. Me confundí una vez, por lo menos. En un momento, la ruta se cubrió de un denso banco de niebla. Esa de la que algunos pensaban sacar el agua que nos hacía falta. Jamás había pasado por allí. Los árboles enmarcaban la calzada oscura. Sobresalían amenazantes sobre el resquicio de la luz de la tarde. El viento mecía sus ramas, más finas cuanto más largas, como zarpas que, cobrando vida, arañaran la vía para alcanzarme. Solo veía lo que alumbraban los haces de luz de los faros del coche. Reviví el aire de irrealidad de las historias de terror que me contaba mi padre. Cuando me hubiera vuelto de haber sabido cómo hacerlo, descubrí a mi derecha la desviación a la casa de Thomas. Durante algunos kilómetros, recorrí un camino de tierra para acabar en un muro blanco agrietado. Ya era noche cerrada. Llegué al portillo y llamé. Me abrió la cancela una muchacha bajita, metí el coche dentro de la finca y la seguí con cuidado, por unas viejas losetas rotas y mojadas.

Dentro de la casa, esperé en un vestíbulo espacioso y frío, hasta que la misma chica me llevó al gabinete de Thomas. Me dio una bata y unas babuchas para que me cambiara. No creí que fuera necesario. Cuando entró Thomas, me disculpé por el retraso. Mostró una sonrisa comprensiva y me señaló la bata.

—Irene, me gustaría examinarte. Desnúdate y ponte la bata, por favor.

A punto estuve de decirle que no pensaba hacerlo. No me dio tiempo, porque salió en cuanto terminó la frase. No era ninguna mojigata, pero no me apetecía que me toquetearan. Aunque, después del viaje hasta allí, era mejor que me examinara. Decían que era una eminencia y no tenía nada que perder. Además, me invadió cierta emoción morbosa. Al volver a entrar, Thomas adivinó mi confusión y me dijo:

—Quédate tranquila. Ya te habrá dicho Marianne que prefiero ser minucioso en el primer reconocimiento.

Su tono profundo y confiado, sus gestos cuidadosos y amables, una suave melodía y una tibia luz lateral acabaron por vencer mis recelos. Inspiraba confianza. Tenía unas manos expertas y cálidas.

Al rato, me pidió que me vistiera. Tuvimos una larga conversación. Empezó a preguntarme por mi salud, dolencias y enfermedades. Lo hacía con conocimiento de causa, como si ya lo supiera todo de mí. Pasó a detenerse en mi vida, mis ilusiones, mis amistades, mi familia y mis amores. En algún momento, repitió alguna de mis frases, con indulgencia o preocupación. Me preguntó sobre mi vida sexual, como excusándose. En ese momento de la conversación, me hubiera gustado contarle algo escabroso. Escandalizarlo. Había superado mi aprensión y estaba entregada. Pero lamenté no tener hazañas ni fantasías que contar, más allá de alguna ocurrencia de Manu. No me atreví a inventarme ninguna. Me recetó unos calmantes con los que iba a mejorar. Las píldoras que tomaba no me hacían efecto. Esta vez no me preguntó qué quería hacer con mi vida.

Me acompañó él mismo a la puerta, quedamos en dos meses y se despidió. Salí con el corazón trastornado, soliviantado el cuerpo y la cabeza perpleja. Thomas no se parecía a nadie conocido. Puede que no fuera un seductor, pero desde luego no me dejaba indiferente.

No me lo quité del pensamiento desde aquella primera consulta. A la mañana siguiente, Marianne me llamó para hacerme un interrogatorio completo.

Unas semanas después, Marianne y mi madre se conocieron y se odiaron a primera vista.

Marianne se obsesionó con mi madre. Irme de su casa se convirtió en la solución para todo. Decía que no era mi casa y tenía razón. Se empeñó en que me fuera a vivir con ella.

Era la única con la que podía contar. Ni con Hugo, ni con Manu. Ni mucho menos, con mi madre. Me insistió en que mi sitio estaba con ella. ¿Para qué aguantar más?

Estaba tiesa y me agobiaba ir de gorrona. Me contestó que no me preocupara del dinero. En la gestoría, les vendría bien mi ayuda. Ganaría poco, pero más que con las clases de inglés.

No me importaba dejar a mi madre, que, con suerte, tardaría en notarlo. Aunque no tenía tan claro que todo fueran ventajas. Tendría menos tiempo para estudiar y la oposición era «ahora o nunca».

***

Una vez al mes Thomas me exploraba. Al principio era el médico que me trataba. Sus manos eran mágicas. Tenían un poder sanador. Luego me acostumbré a verlo, aunque no me doliera nada. En cada sesión, ocupaba más espacio en mi mente y —me sorprende reconocerlo así— en mi voluntad. Era como más suya.

Al principio, me reservaba cosas que no quería contarle. No le hablaba de Manu, aunque sí de mi familia. Con el tiempo, terminé por confiar ciegamente en él.

Me preguntó por mi madre y no solo por nuestra relación. Me pareció que le interesaba como artista. Podía presentársela.

¿Cómo se me ocurría pensarlo siquiera? En el mejor de los casos, complicaría o, incluso, destruiría mi relación con Thomas. En el peor, era capaz de ligárselo, y... para eso, estaba yo antes. ¿Mi madre robándome los novios? Con ella, nunca se sabía. Sería lo último. No, desde luego que no se podían llegar a conocer. De repente, caí en cuánto me importaba Thomas. Después, con la cabeza más fría, me pareció que no era para tanto. Pero cuando volvió a preguntarme por ella, le repliqué que hacía tiempo que no la veía. Thomas no volvió a mostrar interés.

Él me gustaba. No solo por su figura imponente o su aspecto impecable. Me embrujaba. También por cómo hablaba o se movía. No era igual que Manu, pero nada iba a ser como con Manu. Tampoco lo de Thomas podía ser un rollo sin más. No podía liarme con él, sin dejar antes a Manu, y no quería hacerlo. Aunque no volviera a vivir en la calle del Pez. Para eso, tenían que cambiar mucho las cosas.

Me citaba a última hora. A mí me venía bien para estudiar. A él, porque no quedaba nadie en la consulta y podía dedicarme algo más de tiempo.

Unos meses antes de mi primer ejercicio fui a la consulta de Thomas. Ya no me importaba estar desnuda delante de él, aunque siempre me ponía algo nerviosa. Ese día percibí su olor, que me excitó un poco. Una no es de piedra.

Thomas me dio mis pastillas y me acompañó al coche. Me extrañó, porque nunca lo hacía. Después de abrir la puerta, me cogió por la cintura. Sentí su aliento en el cogote. Volví la cara sorprendida y me besó en los labios.

Me separé como pude. Musité una despedida: «hasta la próxima», sin querer mirarlo. Me temblaban las piernas. Puse primera y pegué un acelerón. Mi corazón iba más desbocado que el motor.

16.
Solo la dura realidad

I saw it written and I saw it say.
Pink moon is on its way
and none of you stand so tall
Pink moon gonna get you all. It's a pink moon.

Nick Drake, «Pink Moon»

IRENE

Me escapé a Madrid en febrero, para pasar algo de frío con Manu. Volver a abrazarnos en nuestro ático de la calle del Pez y escuchar discos hasta sabernos las letras. Tener tiempo para estar solos. Noches de ternura y travesura. Era la piel que nos traía locos, decía Manu. Después de todo, seguía siendo verdad. Luego me iba a acordar de esos días.

Como siempre que iba, llevaba una lista de cosas que quería hacer, aunque él ya tenía sus planes. Esa noche me esperaba con el *Tokio Blues* de Murakami y un kimono, que me había comprado en un viaje. Me quedaba genial. Iba llamando la atención en todos los sitios. Fuimos al cine a ver «This is

England». Depeche Mode tocó en las Ventas. El «Just can t get enough» nunca sonó mejor. Además, me lo llevé de compras.

Fuimos a un japo a cenar y Manu sacó el tema.

—Irene, ¿ya has visto todo el temario de la oposición?

—Bueno, voy un poco lenta.

—Hace ya más de un año que empezaste. Te veo despistada. Como si... no la pensaras sacar.

—¿Tú estás idiota o qué? ¿Por qué dices eso? —estallé.

—No quiero meterte presión. Pero llevas bastante y ni hablas de presentarte al examen.

Si no quería meterme presión, lo estaba haciendo fatal.

—¿Qué quieres que haga, si no la han vuelto a convocar? —repliqué.

—No sé. La oposición es una obsesión hasta que la sacas. Si no lo tienes claro, no pierdas más el tiempo.

Su tono indulgente me puso mala. Estaba empeñado en darme la noche.

—¿Crees que no soy capaz?

—Claro que sí, ¡más que yo! —dijo.

—Pero tú lo hacías por tu padre, ¡qué mal se lo tomó cuando la dejaste!

—Iba a echar a perder mi vida.

—Pero luego aparecí yo... —le sonreí.

—Le gustaste al viejo. Sí.

Brindamos con sake y dejamos de discutir. No merecía la pena arruinar una de las noches que nos quedaban. Sobraban palabras y faltaban besos. Todavía teníamos que darnos unos cuantos antes de irme. De esos que, si no los das, se te pudren dentro y te agrían la sangre.

Le conté que Marianne me había invitado a vivir en su casa. No sabía qué hacer. Le vine a decir que allí podría estudiar también, lo que no era verdad del todo. Puso cara de no creérselo, pero contestó que hiciera lo que quisiera. Lo iba a hacer de todos modos.

—Solo la tengo a ella.

—¡Venga ya! ¿Por qué no buscas trabajo aquí? —dijo Manu, siempre con el mismo rollo.

—Contigo no puedo contar, mientras sigas viajando.

Era él quien tenía que cambiar de trabajo, antes de pedirme nada a mí. Se lo dije una vez más. Se me estaba agotando la paciencia.

Unos días antes de volverme, me reconoció que me había concertado una entrevista para dentro de unos días en un despacho que conocía. Me trataba como si siguiera siendo una universitaria, pero acudí a la reunión. Como me había figurado, terminó sin nada concreto. «Ya te llamaremos». Nunca lo hicieron.

***

Volví triste de Madrid. El lazo invisible que nos unía, ese que hacía que lo nuestro funcionara, estaba a punto de soltarse.

En el aeropuerto, nos dimos los mismos besos. Dijimos las mismas cosas. Todo como de costumbre. El amor es tan repetitivo... Pero nada era igual. Al despedirnos, él me preguntó con los ojos y no supe qué decir.

Ya no estábamos juntos. Me preguntó cuándo nos volveríamos a ver. ¿Quién sabía si después de mi primer examen? Si el roce hacía el cariño, pasábamos demasiado tiempo sin tocarnos.

Desde el avión, con la vista perdida en el horizonte, no dejaba de pensar en lo que nos habíamos dicho. Manu tenía razón en lo de mis estudios.

No podía pasarme la vida de recién licenciada, sin sitio donde caerme muerta. Tampoco estaba para ponerme a hacer ningún máster. Ni sabía cuál, ni tampoco para qué. Y, encima, eran caros. Tenía todavía menos dinero que ganas. Mi madre hacía ya bastante con darme de comer. Incluso pagaba al preparador. Por mí, y también por ella, debía tomarme en serio mi futuro. Acabar de estudiar de una vez y ponerme a trabajar sin depender de nadie. No veía alternativa a la oposición.

A la vuelta, Marianne me preguntó cuándo me mudaba. Esos días, había podido aclararme. Su casa estaba lejos de la academia y dejaría de ir. No podría seguir estudiando. No era tan urgente cortar con mi madre.

Además, vivir con Marianne tenía algo inquietante. Su amor era muy exigente. Con ella, estaría expuesta a su temperamento y a sus rutinas incomprensibles. Temía perder mi libertad. Me atosigaba vivir en un raro mundo de obligaciones que dictaba Thomas. El líder que no admitía dudas, dueño de una verdad que no era nada democrática.

Quise hablarle de mis estudios, pero Marianne cambiaba de conversación cada vez que lo hacía. Debía pensar que se me olvidarían las pegas en unos días.

A finales de marzo, publicaron la convocatoria de los exámenes y decidí coger el toro por los cuernos.

—Mariane, voy a ponerme a chapar en serio.

Me miró sin decir nada, y continué:

—Necesito organizarme. Tengo que cortar con todo. Hasta voy a dejar las clases de inglés. Tendré que dejar de ver a Thomas.

Frunció el ceño.

—Nos podemos seguir viendo algún sábado —dije para animarla.

Por primera vez estaba molesta conmigo.

—No te obsesiones con la oposición. Tú vas a tu ritmo —dijo.

—A este ritmo no voy a llegar...

—No es tan difícil. A lo mejor es que no aprovechas bien el tiempo —insistió Marianne.

—Puede ser. Ahora tengo que machacar sin contemplaciones.

Me miraba con algo que parecía rencor. Seguí:

—No me he presentado todavía. Si hubiera estudiado sin distraerme, lo podría haber hecho el año pasado. Ahora no puedo fallar.

No me dijo nada y continué.

—No es tan difícil. Creo que puedo aprobar —quise tranquilizarla a ella y, de paso, a mí.

Mientras hablaba, Marianne había pensado qué decirme.

—Y después, si la sacas, ¿te tendrías que ir fuera? No sé si merece la pena.

Reconozco que era verdad. Al principio, pensé que, si conseguía plaza, sería fuera de Madrid. Me pareció bien. En parte, porque estaba sola y, en parte, para que Manu supiera lo que valía un peine.

—Te das cuenta de que no hay casualidades. Si nos hemos conocido nosotras, no ha sido solo por suerte. Deberías contárselo a Thomas —siguió.

No tenía ninguna intención de hablar con él. No iba a volver a su consulta hasta después del examen. Además, no aguantaría ni un asalto. Ella lo sabía mejor que yo.

—Necesito empezar a trabajar. No puedo quedarme en profesora de inglés de pueblo —continué.

Me di cuenta de mi error. Además de trabajar en la gestoría, Marianne daba clases de alemán.

—Pues no sé qué tienes en contra. ¿Quieres volverte a la península para terminar engañada otra vez?

—No me atosigues —le supliqué.

—En casa no van a entender que ahora nos dejes. No sé qué te crees.

—No me creo nada. Además a ti no te voy a dejar.

Me despedí triste. Me sentía culpable. Intenté centrarme en los estudios y pronto volvieron mis dolores. Estuvimos unos cuantos días sin hablar. Cuando le pedí a Marianne que me consiguiera las pastillas de Thomas, tardó unos días en contestarme.

Me las dio al siguiente fin de semana y se las pagué. Algunas veces se olvidaba de cobrármelas. No fue para tanto, porque una semana después, Thomas le pidió que no fuera dura conmigo. Siempre Thomas. ¿Qué haríamos sin él? Me invitó el sábado a su casa y lo pasamos juntas. Intentó que me quedara a dormir también la noche del domingo, pero fui inflexible.

✳✳✳

Me quedaban algo más de dos meses para rematar. Para bien o para mal, todo acabaría pronto. No volví a Madrid hasta los exámenes. No llegué a ver a Manu, que estaba fuera, como de costumbre.

Cuando se publicó la fecha del examen, Manu me dijo que fuera a dormir al ático. Me dejaría algo en la nevera. Decidí no ir, aunque conservaba las llaves. No iba a pasar otra noche sola allí. Buscaría alojamiento por donde me examinaba. También era una pequeña venganza contra él. Si no estaba, no se me había perdido nada en su casa.

La noche anterior al examen no pegué ojo. La pastilla para dormir apenas me hizo efecto. Tampoco tenía mi almohada. Me acorde de la que tenía en la calle del Pez.

Encaré las preguntas del ejercicio, decidida a completarlo sin dejar nada en blanco. A la hora, me derrumbé. Me levanté, mucho antes de terminarlo. En la mesa, con los bolígrafos y los lápices, abandoné el examen frustrado, la prueba de mi fracaso. Caminé a duras penas hasta el baño de chicas y me desplomé descompuesta bajo el lavabo. Sentí las lágrimas calientes de vergüenza sobre mi cara y el suelo frio de baldosas en mis muslos.

Vagué como una sonámbula durante horas, farfullando una letanía suicida. Era uno de esos días sin fin de junio. Recuerdo que unos coches me pitaron en algún cruce peligroso. Me podían haber atropellado. Llegué a un suburbio del que nunca supe su nombre. Rompió a llover a mares y me metí en el primer bar. Tenía medio bajadas unas persianas verdes, bajo un toldo desvencijado y un cartel con el nombre de Piedad. Llevaba la camisa calada, el pelo empapado y el rímel corrido. La dueña, una señora mayor con acento gallego, me vio tiritar y me preguntó si me encontraba bien. Terminó de atender a unos clientes en la barra y me subió a su casa. Una vieja casa destartalada, sin ascensor. Menos mal que vivía en el piso de arriba, encima del bar. Me dijo que me duchara con agua caliente, mientras se secaba mi ropa. Trajo un albornoz y unas toallas y se despidió. Se tenía que bajar porque se acercaba la hora de salida de las oficinas de alrededor. Pedro, su marido, ya jubilado según me dijo, estaba en casa. Me atendería si necesitaba algo. Me metí en la ducha de agua caliente y estuve un buen rato. El baño estaba puesto con gusto. Con baldosines amarillos en la parte de abajo y blancos hasta el techo. Olía a esencia de rosas. Salí y me quedé sentada en la mesa camilla del cuarto de estar, enmarcada entre una televisión enorme, a un lado, y una Virgen del Carmen, al otro. Pedro me puso un café mientras su prevención inicial se convertía en delicadeza. Lo miré y me pareció que podría haber sido mi padre. Me dejó tranquila, abstraído en un crucigrama en su sillón. Fui entrando en calor y, a la vez, recuperé algo de calma. Me sentí como en mi casa, la que podía haber sido, esa que nunca tuve. Me fijé en mi móvil. Se había empapado, pero funcionaba. Manu me había enviado varios mensajes. No le contesté. Tampoco a Marianne ni a Hugo ni a mi madre. Luego se quedó sin batería. Mucho mejor, no era el día de dar explicaciones.

Subió Piedad. No le podían haber elegido otro nombre. Puso la cena, que me entonó el estómago. No había comido en todo el día. Me sonrió cuando repetí de salmorejo. Lo hacía Pedro, que era cordobés. Flotaba en el ambiente una atmósfera serena y feliz. Quizá actuaban para mí, pero había entre ellos un sencillo sentido del humor que me conmovió. ¿Hubiéramos podido ser así Manu y yo? Los miré con una sonrisa al borde de mis labios, pero los relajé sin llegar a reír. Su cariño hacía más evidente mi desamparo. Me preguntaron qué me pasaba, pero sacaron poco de mi historia.

Les dije que estaba de luto. No dije que la muerta era yo.

17.
Empezar de cero

She's starting to live her life
from the inside out
the sound of failure calls her name.
She's decided to hear it out.

The Flaming Lips «The Sound of Failure»

IRENE

A la mañana siguiente volví a las Palmas. En el aeropuerto, compré una botella de vodka. Hacía bochorno. Al llegar, ida, desolada y pegajosa, me dirigí sin dudarlo a la casita de la playa. Marianne no estaba, pero me abrió la verja un rubio larguirucho que pintaba la escalera. Me ayudó a subir la maleta hasta el cuarto. La deshice —eran cuatro cosas— y me puse un trajecito playero. Desde abajo, contempló mis muslos. Descendí despacio los escalones, como por una pasarela, y al llegar a su altura le miré a los ojos. Exclamó algo en holandés y dejó el pincel. Abrí la botella que traía y preparó dos vasos con hielo y unas rodajas de limón. Nos metimos en el mar templado y apacible. Nos besamos y quise olvidarme de que era infeliz.

Marianne nos encontró abrazados en la arena. Hizo las presentaciones, a estas alturas innecesarias, y me preguntó. Contesté que fatal. Suspiró con cara de que no le extrañaba. Le di mi móvil para que contestara los mensajes por mí. Había veinte por lo menos, que ella respondió con evasivas, cada vez más lacónicas. Le pedí que a Manu le contara que el examen me había salido regular —una mentira piadosa para ir tirando— y que ya le escribiría cuando me encontrara mejor.

El cielo se rasgó de nubes llameantes. Los amigos encendieron una *shisha* y nos sentamos alrededor. Me senté con Yani, que así se llamaba el holandés. Reíamos, yo con desolación, y corría la brisa.

Cuando llegó Thomas, me cogió de la mano y me llevó adentro de la casa. Me senté sobre sus piernas y me empezó a hablar en el oído. Sentía el calor que despedía y su mano fuerte en mi hombro, pero no le entendía nada. Fui cayendo en un sueño hipnótico.

Me incorporé aturdida entre las sombras. Me incorporé aturdida. ¿Cuánto había dormido? Marianne respiraba rítmicamente en la cama de al lado. Después de beber medio litro de agua y deambular desorientada, salí a pasear por la playa. La luz del alba empezaba a clarear la vista. La arena estaba seca y fresca. El relente me terminó de despertar. Todavía quedaban algunos días para el verano y había refrescado. Caminé descalza durante más de media hora. Tenía hambre y el chiringuito estaba cerrado. Amaneció y me apresuré para volver a la casita. Hubiera podido irme con mi madre pero solo pensar en confesarle el desastre era un suplicio.

Al entrar, escuché unos pasos. Marianne estaba en la cocina. Me dijo que había dormido como un tronco, más de veinticuatro horas seguidas. Con razón estaba descansada y hambrienta.

Me sirvió una taza de caldo. Era aguachirle, aunque estaba caliente. También me sirvió unas papas *arrugás* que habían sobrado del día anterior, con mojo picón. Las probé. La cocina no era su fuerte. Me dejó comer, mientras se movía por la casa. Luego se sentó frente a mi, puso sus manos sobre mis rodillas y me miró fijamente.

—La oposición se acabó, ¿verdad? —me espetó.

—Sí. No sé qué hacer —le respondí.

No sabía qué decirle ni estaba para tomar decisiones.

—Lo que tienes que hacer es descansar. Thomas está preocupado por ti.

—Creo que me dormí sobre él. ¿Me acostó él? —le pregunté.

—Tú sabrás lo que hiciste, *chacha*.

—Nada..., ni me acuerdo.

—Pues, mejor. No puedes volver a casa de tu madre.

—No me veo capaz.

—Ni seguir dando tumbos. Thomas quiere que vengas a vivir a la casa grande.

Asentí con la cabeza y me sonrió con un suspiro.

Al día siguiente, Thomas iba a dar una conferencia. Le dije que la acompañaría.

***

Marianne y yo fuimos juntas a escuchar a Thomas. Cogimos la guagua hasta un bar solitario en una carretera comarcal. Subimos unos minutos por una senda de tierra y llegamos a un local pequeño con un porche, en medio de la nada. El ambiente era muy distinto al de la primera conferencia en la que conocí a Marianne. Habían encendido un fuego en la terraza, alrededor del que se apiñaba un grupo de gente no muy numeroso. Había algún niño y una embarazada.

Todos se conocían. Vestían de forma parecida, algo anticuada. Compartían un vínculo del que no era parte. Me hubiera sentido fuera de lugar sin Marianne, que no se apartó un instante de mí y me presentó a los que nos saludaban.

Marianne captó mi confusión y me cogió del brazo.

—No te alarmes, Irene, eres como de la familia. Todos te conocen.

No me gustaba que me conocieran todos, cuando no sabía el nombre de nadie.

El sol se puso unos minutos antes de las nueve de la noche. Vibró un instrumento metálico y se hizo un silencio sepulcral. Thomas hizo acto de presencia y todos se pusieron de pie. Marianne tiró de mí para que lo hiciera. Era ya mucho más que un médico experto en viejas tradiciones, guanches o bereberes. Era el gurú que decidía por todos. La única autoridad que respetábamos.

Iba muy elegante para la ocasión, con una túnica azul tuareg y un pañuelo bermellón. Hizo una reverencia solemne de agradecimiento. Con una dignidad que no le conocía, empezó a hablar casi en susurros. Sus maneras sobrecogían. No se oía una mosca. El auditorio atendía con el corazón en un puño.

Su figura se agigantaba entre las sombras, con los reflejos que el fuego proyectaba sobre él. Poco a poco elevó la voz. Fue desgranando la vida de los que estábamos, de forma que cada uno reconociera detalles de la suya. Mostraba la falsedad de amigos, amantes o familiares. Nuestra historia era una falsificación. Había que quitar las capas de mentira que la desfiguraban, como la mampostería de las viejas iglesias medievales. Habíamos elegido estar ciegos, para no ver la realidad o para deformarla. Ser dichosos a fuerza de encerrar lo que no aceptábamos y tirar la llave. Thomas nos despertaba del sueño. Nos abría los ojos, aunque tuviera que hacernos sangre.

Nunca nadie me había hablado así. Yo no era el culpable sino la víctima. El público estaba extasiado. En algún momento del discurso, se oyó un gemido. Alguien rompió a llorar.

Thomas terminó jadeando exhausto. Como los brujos que perecen por su propio encantamiento.

***

Marianne me acompañó a la casa grande. Me dijo que no me preocupara de nada. Se iba a quedar conmigo.

La chica de la entrada me llevó al gabinete de Thomas. Al rato entró él con un ayudante que no conocía, cuya presencia me incomodó. Me lo presentó como mi nuevo tutor. Debía tratarle con la misma consideración que a él.

Thomas me dijo que la pesadilla se tenía que acabar. No podía vivir aguantando la respiración. Para eso tenía que ponerme en sus manos sin reservas. Alguien debía tomar las riendas de mi vida.

Esa misma tarde, tuve mi primera conversación con mi tutor. Cuando le pregunté su nombre, me dijo que le llamara «tutor», mientras lo fuera.

Cené en una mesa alargada con Marianne, mi nuevo tutor y otras cuatro personas más. Hablamos poco.

Esa noche, Thomas vino a verme a la habitación. Le dije que no quería ningún intermediario. Me miró como si fuera una chiquillada, pero me calmó. Mi tutor no era médico, de modo que él seguiría tratándome. Le sugerí que se quedara conmigo. Sonrío y se fue.

Todos dependíamos de Thomas. Lo que cambiaba era su actitud con cada uno. Había un pequeño círculo de confianza al que reservaba su intimidad. Marianne o mi nuevo tutor estaban entre los predilectos. No eran siempre los mismos. Algún día estaría yo.

Thomas tenía su propio dios, que se le parecía mucho y acertaba siempre. No como el que había en casa, si es que mi madre no lo había echado ya. El nuestro había creado seres que podían equivocarse. Yo era un buen ejemplo.

***

Le pedí a Marianne mi móvil, a los pocos días de instalarme. Primero me dio largas: lo tenía que buscar. Ante mi insistencia, me replicó que tenía que cortar de una vez el contacto con el exterior. Después se lo pedí a Thomas. Me miró con acritud, pero Marianne me lo trajo esa tarde.

Manu me había escrito un mensaje por día. Noté su enfado a distancia, creciente y desesperado. El pobre pasaba de pedirme perdón por haber estado de viaje, a no entender mi silencio.

Me extendí bastante para contarle que estaba con mi madre. Mis molestias se habían agravado después del examen. No podía aumentar la dosis de los calmantes por sus efectos secundarios. Si me pasaba, me producían unas extrañas alucinaciones. Eso era verdad. Mientras escribía, se me ocurrió decirle que acababan de salir las notas. Había esperado para darle la noticia. Pasaba raspando. Como podía suponer, tenía que encerrarme a estudiar. No iba a poder viajar a Madrid, ni irme de vacaciones. Tampoco quería que viniera a verme. No me gustó ir con ese cuento a Manu, pero necesitaba que me dejara tranquila.

Vi mensajes de Hugo y de mi madre, que no respondí. Ya había tenido bastante por ese día. Le entregué mi móvil a Marianne, con la condición de que me lo dejara para contestar los mensajes de Manu, cada tres o cuatro días. Asintió refunfuñando.

Poco después, Marianne me pidió que escribiera a Hugo, para que no se pusiera a preguntar. Le conté que me había quedado con Manu. Me trajo un móvil que no era el mío. Pensaría que iba a contestar los demás mensajes que tuviera. Podía confiar, solo quería escribirle a Manu. Ni siquiera a mi madre. Si perdía mis antiguos contactos, con los nuevos tenía más que suficiente.

Me encontraba mejor. Al recuperarme percibí cierta atmósfera opresiva en la casa. Fue algo gradual, sin que ocurriera nada en concreto. Nuestras habitaciones no tenían pestillo. Había persianas, pero nadie las bajaba. No teníamos secretos, ni nada que ocultar. Aunque lo peor era que nadie fumara. Cuando tenía tabaco, salía a fumar al jardín. Parecía una yonqui colgada de la cajetilla de mi vida anterior.

Pero tenía a Thomas, que lo compensaba todo. Una noche, a la semana de estar en la casa, me pidió que fuera a su habitación.

Se hizo mi amante. No solo era que estaba en deuda con él. Ni solo la necesidad de sentirme deseada. Era un fervor enfermizo. ¿Había perdido la cabeza? Me daba miedo pensarlo.

Podía hacer conmigo lo que quisiera, sin condiciones. Lo que hiciera, estaba bien.

Me acostumbré a esperarlo en el comedor, después de cenar, en lugar de irme a dormir. Thomas fue siempre exquisito. Se acercaba con discreción, me preguntaba con la vista y me dejaba pasar delante. Me encantaba notar, por el rabillo del ojo, la envidia de algunas compañeras más jóvenes.

Thomas me pedía lo que no se le hubiera ocurrido a Manu. De madrugada volvía a mi habitación. Nunca me dejó pasar la noche con él. Si no me llamaba en tres o cuatro días, me angustiaba. Me había enganchado. Marianne se dio cuenta. Decía que tenía mono.

Me dolió descubrir que otras compañeras también iban a la habitación de Thomas. Había imaginado que no tendría competencia por una temporada. Marianne se escandalizó cuando se lo comenté. Acababa de llegar y actuaba como una consentida. ¿Me creía con algún derecho?

Una noche, cuando llevaba un mes en la casa, Thomas se acercó adonde estaba con Marianne. Me sonrió, pero la llamó a ella. Hice un esfuerzo para controlarme, aunque me sentí traicionada. La esperé despierta. Cuando volvió, Marianne vino a hablar conmigo. Desde hacía mucho, tenía relaciones esporádicas con Thomas. No iba a cambiar porque estuviera yo. Ni siquiera me lo tenía que preguntar. Tenía suerte si él se fijaba en mí. Primero amábamos a Thomas y luego venían los demás. El sexo solo era una forma de expresarlo. Ella tenía relaciones con varios miembros del grupo. Eso ya lo sabía. Por eso mismo, pensé que ya tenía bastante, sin necesidad de disputarme a Thomas. Me dijo que, cuando llevara más tiempo, no sería tan exigente con los compañeros. Hasta había llegado a tener más de un *partenaire* en alguna fiesta de la comunidad.

Cuanto antes me acostara con mi tutor, antes se me quitarían todos esos escrúpulos. Me dijo que se lo preguntara al propio Thomas. Me diría lo mismo.

Traté de consolarme con la idea de que Marianne no comprendía lo nuestro. Insistió en que Thomas estaba por encima de nuestro cariño, aunque yo era su mejor amiga.

—Como me pasa a mí —dije conciliadora.

—No, Irene. Mientras mantengas una relación con un extraño, no serás como yo —me respondió con aspereza.

Así pasaron más de dos meses desde mi examen frustrado. Iba conociendo cada vez mejor a la familia, como la llamaba mi tutor.

***

Un día de finales de agosto, tuve náuseas al levantarme. Hacía tiempo que no había tenido el periodo. Se lo dije a Marianne, que me miró desconcertada. Con todo, fuimos a la gestoría. Teníamos trabajo.

No podía esperar un hijo. No tenía ni tiempo ni dinero. Con Manu no lo pensé y, en ese momento, era inconcebible. Había mucho que hacer antes. Más, después de mi suspenso. Ni se me ocurriría tenerlo con Thomas. Me lo quité de la cabeza. No habíamos corrido riesgos innecesarios. Con las pastillas, no había peligro. No tenía que preocuparme, aunque tuviera unos periodos muy irregulares. Sería por el estrés.

No hablamos más del asunto, pero, a la hora de comer, Marianne me trajo una prueba del embarazo.

Miré atónita el resultado dos veces antes de pasárselo. Me pilló desprevenida. No estaba preparada para afrontarlo. No sabía qué decirle a Thomas. ¿Qué pensaría de esto? ¿Tenía que haber tomado precauciones? Me podría echar la culpa por imprudente y expulsarme de la casa. No podía volver con un niño a casa de mi madre.

—No te preocupes, Irene, todo va a ir bien —me trató de calmar Marianne. Me eché en la cama, conmocionada. Marianne me tapó con una sábana y echó la persiana. Me estallaba la cabeza. Quizás era un mal sueño. No podía más. Mi vida estaba desnortada.

Marianne fue a decírselo a Thomas, que me recibió al instante. Me abrazó. Era lo mejor para mí. Había algunos niños en la casa y siempre eran bien recibidos. Me preguntó si él era el padre, lo que me desconcertó. «¡Claro que eres el padre!», le contesté. Me dijo que lo tuviera. A pesar de la confusión, no tenía dudas. No mencionó cómo había sido posible. Tampoco quise sacar el tema. Hubiera parecido que le echaba la culpa y Thomas nunca la tenía. Además, ¿es que no era una buena noticia? Me dijo que Marianne y mi tutor me irían diciendo qué hacer en esos meses. Por el momento, tenía que estar tranquila. Contenta y tranquila.

De pronto me di cuenta de que apenas lo conocía. Thomas, que lo sabía todo de mí, era casi un desconocido con el que iba a tener mi hijo. Aunque..., ¿qué hay que saber del tío con el que vas a tener un hijo? Nada en realidad. Podría ser un donante anónimo. Pero Thomas era todo lo contrario. ¿Me seguiría queriendo después de tenerlo? Ni siquiera estaba segura de que me quisiera entonces.

—Es tu primer hijo, ¿verdad? —le pregunté descorazonada. Imaginaba que no tenía más hijos, pero prefería no darlo por sentado.

—Y eso, ¿qué más da?

—Hombre..., ahora sí. Todo lo de nuestro hijo nos debe importar, ¿no te parece? —le dije con intención.

Clavó sus ojos profundos en los míos, pensativo.

—Sí, claro. Todo lo de tu hijo..., nuestro hijo, nos importa en esta casa. No te preocupes. No tengo más hijos. No, que yo sepa. Al menos, con nadie que tú conozcas...

No esperaba esa contestación, pero tampoco supe qué responder. Cuando me marchaba, me sostuvo la mano un momento:

—¡Ah!, una última cosa importante. Dile a tu novio de fuera que se olvide de ti, que estás esperando un hijo.

Casi nunca se refería a mi novio de fuera. Creo que nunca lo nombró. Había llegado a pensar que se había olvidado de él.

Desde luego, no podía seguir esa farsa ni un minuto más. Marianne insistía con razón. No había tiempo que perder. Tenía que dejar a Manu de una vez.

Marianne me trajo mi móvil para que le dijera que estaba embarazada. Pero no lo iba a hacer. Tampoco avisaría a Hugo ni a mi madre. No podía cortar así con él. No podía dejarlo tirado por las buenas. Teníamos que acabar, pero sin hacerle más daño del preciso. Como cuando te hacen un corte, la herida debe ser limpia para que cicatrice sin infecciones, aunque él me olvide después.

Yo no lo iba a olvidar. No iba a poder. Él tampoco podría hacerlo. Habíamos sido demasiado felices. El amor no podía morir del todo, aunque pasara toda la vida, aunque nos muriéramos nosotros. Otros irían a nuestra casa de la calle del Pez, pero allí, en algún mundo paralelo, estaríamos los dos.

Esa noche dormí muy mal. De repente, mi vida, la que conocía, había muerto. De muerte violenta.

Cuando, al día siguiente, les dije que tenía que ir a despedirme a Madrid, Thomas no quiso oírme. Salió de la habitación en la que estábamos sin mirarme. A mi lado, mi amiga tampoco me entendió. Para cortar por lo sano, un SMS, una carta era más que suficiente. Pocas palabras. Menos explicaciones. Ninguna negociación. Como el mensaje de las series de espías que se autodestruía a los cinco segundos. No cedí. Me era imposible desaparecer agazapada en una simple frase. Lo tenía decidido: era el momento de volver. Al final se resignó, pero con una condición. Iríamos juntas. Esta vez sería la última.

18.
El descubrimiento

It's the end of a broken imaginary time... It didn't stay long

The Soundtrack of Our Lives, «Broken Imaginary Time»

IRENE

Aquella mañana de septiembre hice lo más difícil. Había roto con Manu, con mi vida anterior y con Madrid.

Llegamos al aeropuerto de Barajas muy temprano. Marianne, desubicada, no veía la hora de salir de la ciudad. Le sobraban los edificios y los coches, los ruidos y la prisa. «¡Conducen como locos!». Le faltaba el aire. Hasta el aeropuerto le parecía un laberinto infernal.

En la puerta de embarque pareció relajarse un poco. Pero, dentro del avión, se empezó a agobiar. Se puso lívida en el despegue. Acompañarme le había costado un mundo. Desde luego que me quería. Aunque el favor también se lo había hecho a Thomas.

Iba a tener mi hijo con él. Había pensado en un niño de un modo inconsciente. Si era un niño, podría ocupar el lugar de Thomas, pero y ¿si era una niña? ¿Preferiría un niño? La noticia de mi embarazo apenas le afectó. Me desilusionó que estuviera tan frío. Era tan distinto a Manu...

Habíamos alcanzado altura de crucero. Desde la ventanilla del avión, me relajé sobre el océano de algodón de azúcar que atravesábamos. Las nubes caprichosas me invitaban a zambullirme como en una piscina de bolas, saltando de una a otra, según se desvanecían. Me imaginé que me quedaba flotando para siempre. Las nubes se deshilacharon y el fulgor palideció en un triste gris. ¡Que tontería! Daría a luz un hijo. Era lo más auténtico que tenía. Lo único que merecía la pena.

Marianne me miró con cara de pocos amigos:

—Odio volar, desde pequeña. Además, una vez me contaron todas las cosas que podían fallar.

—Te puedes matar en cualquier sitio —le dije.

—No creas. En la casita de la playa no me puede pasar nada, salvo que aparezca el tiburón que nunca vino.

De pronto, cambió de registro:

—Ya eres de la familia. Somos hermanas.

—Sí —la miré con ojos risueños.

—Tendremos que celebrar tu fiesta. ¿Estás nerviosa?

No tenía ni idea de lo que me hablaba.

—No. ¿Debería estarlo?

Me miró como si viviera en Babia. Se puso a hablar de los preparativos. Me detalló los vestidos y los bailes. Todo tan antiguo que se perdía en el principio de los tiempos. Me habló del corte radical con mi vida anterior. Pensé en Hugo y en mi madre. Sería como si me hubiera muerto para ellos.

A la llegada, mi tutor nos recogió en el aeropuerto con el semblante serio. Me saludó fríamente:

—Deberías ser más responsable. Vas a ser madre de un hijo de Thomas. No nos obligues a pensar que nos hemos equivocado contigo.

La acogida me entristeció. Era desproporcionada.

Me habían cambiado de habitación. Iba a compartirla con otra chica, también embarazada. La conocía de vista, pero no habíamos cruzado una palabra. No abría la boca. Casi mejor, así podía hablar por las dos.

Al día siguiente fuimos a una ginecóloga del hospital general. Resultó que estaba de ocho semanas.

Cuando le pregunté a mi nueva compañera quien era el padre, me dijo que uno de los predilectos de Thomas, aunque no sabía cuál a ciencia cierta. Le dije en broma que si no sabía quién era el padre, era porque se había pasado de devota. Me miró como si no me entendiera. En la casa el humor no tenía hueco.

***

A la vuelta de la consulta, Thomas me llamó. Estaba sentado en su despacho del estudio y no, como siempre, en la antesala de su habitación. Cuando entré, sin moverse de su asiento, me taladró con la mirada por un instante. Me sentí como una adolescente pillada después de escaparse de casa. Se me hizo un nudo en la garganta.

—Thomas, he cortado con Manu..., con el pasado.

—Sé que te ha costado. Pero todavía tienes que poner de tu parte.

—Haré lo que quieras. Solo me importa el niño.

Es el momento de tu transformación. Tendrás que mudar de piel. Si estás dispuesta, no podrás echarte atrás —me dijo.

Para empezar, tenía que comprometerme a guardar nuestro secreto. Me dio a firmar unos papeles. Era algo solemne y raro, que no me esperaba, pero lo hice. Aceptaba obligaciones y descargaba de responsabilidades.

—Cuando estés lista, celebraremos tu fiesta de acogida.

Se levantó, me besó y me acompañó a la puerta. Me di cuenta de que Thomas no me había preguntado por nuestro hijo. Afuera me esperaba mi tutor, que me saludó con una sonrisa fugaz.

✳✳✳

Desde aquel día, no paré un momento. Cada mañana muy temprano, salía con mi compañera a la gestoría. Tenía un jefe taciturno, un *bobomierda,* que apenas me hablaba, aunque no dejara de mirarme. Me sorprendió que Marianne, que no se preocupaba mucho de la ropa, se arreglara para ir a trabajar. Cuando iban clientes, siempre extranjeros, teníamos que ir guapas como si fuéramos de fiesta. Me sentía un florero, pero tampoco iba a protestar por alegrarles la vista.

En la gestoría llevábamos unas cuantas sociedades que hacían operaciones entre ellas. Algunas tenían inmuebles en las islas y todas, varias cuentas en bancos no europeos que movían mucho dinero. Marianne era apoderada de alguna de ellas. Cuando se me ocurrió preguntarle, me contestó que no me preocupara. Insistí para hacer mi trabajo y me dio información con cuentagotas. Era mejor que tuviera cuidado con lo que encontraba. Se daban préstamos y se compraban acciones. Todas mezcladas con todas. Un revoltillo en el que se perdía la pista del que mandaba. Me recordó lo que me contaba Manu de las empresas fantasma, de las que se fiaba muy poco. Me hubiera venido bien haberle hecho más caso entonces. Pensé que mi jefe era solo un hombre de paja, ¿también Marianne?

A mis años era una becaria, aunque, con mi nula experiencia, no podía quejarme. Más bien, me estaban haciendo un favor. Ordenaba papeles, archivaba documentos y escribía algunos correos cortos en inglés. Me pagaban muy poco, pero se hacían cargo de mis gastos en la casa.

Volvía corriendo a comer y, sin parar, me metía en sesiones interminables con mi tutor que, por lo menos, no me comía con la vista. Estaba exhausta y sin tiempo para pensar.

Mi tutor me escamaba. Opaco, impenetrable. Para él, yo era solo un encargo de Thomas. Cuando me sonreía, era para corregirme, con una risa tan sincera como la enlatada de la tele. Me chocaba su obsesión por el control. Nunca hasta ahora había pedido permiso para salir o entrar, escribir o hablar con alguien. Pero me cuidaban y, por eso, me vigilaban.

Como un mes y medio después, Marianne se me acercó con un mensaje de Hugo en el móvil. Decía que había muerto el tío Fernando. Era el marido de la hermana de mi padre. El fantasma de mi padre volvía una y otra vez. ¿Seguiría vivo? ¿Se acordaría él de mí? ¡Qué va!

De pequeña tuvimos bastante trato con Fernando. Siempre se llevó mejor con mi hermano. Cuando me fui a Madrid lo dejé de ver. Le hubiera perdido la pista si no hubiera coincidido con Manu. Se conocieron en un viaje de trabajo a Panamá y se hicieron íntimos. Me extrañó, al principio. Hasta me molestó un poco. La manía de Manu de hacerse amigo de todo el mundo..., pero, bien pensado, a mí me daba igual. En los últimos años, apenas lo volví a ver. Me sorprendió la noticia. No sabía que estaba malo y era buena persona. No tenía la culpa de ser cuñado de mi padre. Se había muerto joven. Manu lo sentiría. De la víbora de mi tía, su mujer, ni me acordaba. Tenía un nombre raro.

Hugo me preguntaba si iba a ir al funeral. Supondría que Manu lo haría y quería saber si iba a acompañarlo. Prefería que no se encontraban los dos, aunque al final, se tendrían que enterar. Le contesté que no fuera. Ya iría yo.

***

Llegó el solsticio de invierno, que era la apoteosis del año en la casa. Alguna vez la celebraríamos en Stonehenge. Ese día íbamos a celebrar mi incorporación a la familia. Me dijo Marianne que era como una boda. Pasé la tarde a solas con mi tutor, que me dio las últimas instrucciones. Me vistieron con un traje blanco de lino muy elegante. Encendieron una gran fogata. Según los persas, esa noche nacía Mitra, que, para Thomas, era una diosa de verdad. A partir de entonces los días serían más largos y la luz vencería a las tinieblas.

Todo el mundo llevaba túnicas con piedras de colores incrustadas. Mucha gente se había pintado el rostro. Iba a entrar un muchacho conmigo. Empezamos los ritos preparatorios ante Thomas. Leí una fórmula de compromiso, en la que renunciaba a mi vida pasada. Thomas me impuso un nombre secreto, que me iban a tatuar en un alfabeto, antiguo o inventado, en la parte de mi cuerpo que quisiera, siempre que pudiera verlo. Elegí que me lo pusieran encima del tobillo izquierdo, como lo tenía Marianne.

Cantaron himnos en lenguas incomprensibles. Algunos saltaron por encima de la hoguera. Todo el mundo inició, poco a poco, una danza ritual engarzada en la síncopa del cajón, varios *yembes*, un tambor *sabar* y, de cuando en cuando, el metal del gong. La danza seguía siempre la misma cadencia. El compás, magnético y obsesivo, era distinto a todo lo que conocía. La música matemática y el ritmo físico, el puro acompañamiento de los cuerpos. Su belleza estaba en su repetición sin fallos. Me sentí libre. Desentumecía los brazos y las piernas, y emborrachaba la conciencia, reducida al latido de la sangre en mi cabeza. Unos empezaban los movimientos que otros duplicaban, hasta que los hacíamos todos. El baile se hizo frenético. Entramos en trance. Era la música de la familia. La única que queríamos. Las demás eran sospechosas. Thomas decía que las melodías sensibles nos atontaban. Era mi única reserva mental. En ese mundo perfecto tenían que estar todas las canciones que amaba. Pero era el momento de dejarse llevar.

Los dos nuevos miembros terminamos empapados con nuestros trajes, que se habían vuelto pesados e incómodos. Tenía frío, pero no me iba a quejar. Hubo té moruno y alcohol toda la noche. Todos bebimos mucho. La fiesta duró hasta el amanecer. Thomas se acercó a mí transfigurado. Hicimos el amor. En el delirio con Thomas sentí una lucidez nueva. Me olvidé de los demás miembros de la comunidad que nos miraban alucinados. Fue la última vez que me tocó.

Por la mañana Marianne se me acercó agitada y me abrazó durante un buen rato. Habíamos vuelto a ser las de siempre.

Más entonces, que éramos hermanas. Mucho más para mí, que no había tenido ninguna.

¿Era la Navidad mejor de mi vida? No lo sabía. Recordé a mi abuela con sus villancicos y su belén napolitano. El sueño de unos niños felices, preadolescentes. Cuando los reyes no eran los padres. Antes de que todo se fuera a la mierda. Después las fiestas se nos aguaron. Las discusiones interminables, mi madre y sus «numeritos«, como los llamaba mi abuelo, la marcha de mi padre... Recuerdos amargos que nos marcaron para siempre.

¿Qué haría Piedad? Seguro que cantaba villancicos a sus nietos. Me hubiera gustado verla por una mirilla...

A los pocos días de la ceremonia, Thomas me volvió a llamar para decirme que iba a hacer un viaje. Era preferible para mí y para nuestro hijo. A estas alturas, ya había aprendido a no preguntar. Era como si no te fiaras. Thomas pareció no escucharme cuando le sugerí que me acompañara. Para mí, era un buen momento y el bebé venía sin complicaciones.

Al día siguiente, Marianne me pidió que le diera mi pasaporte, para volar al extranjero. Cuando le pedí que no me dejara sola, me dijo que le gustaría ir, a pesar de su horror al avión, pero haría lo que Thomas le pidiera. No dependía de ella.

Una vez celebrada la ceremonia no volví a tener móvil. Tampoco lo pedí. Aunque me hubiera gustado decirle a mi madre que iba a ser abuela.

La noche de fin de año, mi tutor me avisó de que saldríamos en unos días. Vendría conmigo y todavía nos podía acompañar alguien más. Fue inútil pedirle más información. No me dijo ni a dónde, ni con quien. O no quería decírmelo o ni siquiera lo sabía. Supuse que tendría a mi hijo en el extranjero y después volvería a casa.

Puso los ojos en blanco cuando le pregunté si venía Thomas. No sé por qué se extrañó tanto. Era el padre.

—¿Cómo se te ocurre preguntarlo? Lo que haga Thomas no es asunto tuyo. Para ti yo soy como Thomas. Hazte la idea.

—¡Qué más quisieras tú que ser Thomas!

***

A la vuelta de Madrid, me puse a escribir mis recuerdos, mientras mi compañera dormía a pierna suelta, con la conciencia tranquila o sin ninguna conciencia.

No sé bien por qué, ni para qué empecé. Ni siquiera a quién me dirigía. Manu, Hugo o mi madre no se merecían tanto esfuerzo. En unos años, se olvidarían de mí. Nadie tenía familia en la casa grande.

Lo hacía más como espectadora que como protagonista. Me angustiaba no saber adónde iba. Donde daría a luz. Sobre todo, viajar al extranjero con mi tutor, sin conocer mi destino. Aunque luego me tranquilizaba. Confiaba del todo en Thomas. Con él estaba segura, en construcción y en las mejores manos.

No sabía qué hacer con mis notas. Pensé en enviárselas a Hugo en un sobre o en dárselas a Marianne, pero podría comprometerla. Creería que era una traición a Thomas.

No buscaba que me contestaran. Me conformaba con que llegaran a entenderme. No creo que hubieran querido herirme, a pesar de lo que dijera Marianne. Ni siquiera mi madre, la más culpable, aparte de mi padre. ¿Cuánto tiempo iba a seguir reprochándole todo a él?

En realidad, sabía a quién escribirle. Era al hijo que iba a tener. Metí las hojas en una cartulina, con la que me hice una especie de carpeta. Me las llevaría conmigo.

19.
La partida al nuevo mundo

All the money in the world couldn't buy back those days [...]
This is the day, your life will surely change.

Matt Johnson, «This Is the Day», The The

IRENE

Muy temprano, horas antes de amanecer, me despertaron unos golpes en la puerta de la habitación. Mi compañera se revolvió en la cama y, entre sueños, me deseó un buen viaje. Le contesté «hasta pronto», sin saber si la volvería a ver. Cuando bajé a desayunar, mi tutor estaba sentado en la mesa de la cocina. Entró Marianne y me abrazó risueña. Iba a acompañarnos. La angustia de mis últimos días se esfumó. De pronto, me entraron unas ganas locas de viajar.

Mi tutor le había pedido que no me lo dijera para ponerme a prueba. Estaba demasiado contenta para enfadarme. Me quería dar una sorpresa y, desde luego, lo había conseguido.

Habían servido un desayuno pantagruélico. A esa hora lo único que me apetecía era un café, pero nunca había. Me insistieron en que comiera. Nos quedaba un día muy largo. Me tomé un té rojo y un trozo de piña. En la puerta esperaba uno de los estudiantes jóvenes para llevarnos al aeropuerto.

Thomas apareció en el vestíbulo a despedirnos.

—Thomas, no sé qué voy a hacer sin ti —musité.

—Vas bien acompañada.

Con una sonrisa, pronunció mi nombre secreto en mi oído y luego se dio la vuelta. Lo vi subir al piso de arriba. Me sentí desfallecer a medida de que se alejaba.

De mi madre heredé cierta intuición para presentir el futuro. Perdí las corazonadas en Madrid, demasiado urbano para el misterio. Allí volví a tenerlas. Supe que me quedaba huérfana otra vez. Thomas me abandonaba. Como mi padre, como hizo Manu, sin quererlo. Solo tenía a Marianne.

El muchacho metió las maletas en el coche. Llevaba poco equipaje. En mi estado, casi nada me quedaba bien.

Aunque Thomas habría tenido sus razones, no entendía por qué tenía que irme. Hasta hacía dos semanas, no me habían dicho que me marchaba. En los últimos días, se palpaba un ambiente más crispado en la casa, por nada en particular. Donde estaban de los nervios era en la gestoría.

Era todavía de noche cuando llegamos al aeropuerto. Marianne me dio mi tarjeta de embarque. Por fin se despejó la duda. Salíamos en poco menos de una hora para Madrid y, después de una escala, seguíamos para Panamá. Facturamos las maletas y pasamos a la zona de viajeros. Mientras caminamos por la terminal, Marianne me explicó que preferían no decir nada del viaje. Teníamos previstas algunas gestiones que podían complicarse.

—Lo que tú digas. Está bien —le dije.

Puso cara de no saber si hablaba en serio. Me hubiera gustado enterarme antes, pero ya me daba igual. Además, Panamá era un buen destino y nunca había estado en Centroamérica. Manu sí, muchas veces..., demasiadas.

No pudimos entrar en las tiendas del *duty free*, que estaban cerradas. Nos sentamos en la puerta de embarque. Apenas había gente. Unos señores con traje y corbata. Una chica joven que consultaba su *tablet*. Una pareja frente a mí empezó a besarse. Tenían pinta de volver de vacaciones, empalagosos, morenos y lozanos. Parecíamos nosotros. Me harté de contemplarlos y me acerqué al ventanal a mirar la pista. El avión de Iberia estaba delante. Me separé un poco por el pasillo. Se me unió Marianne.

—¿Dónde vas?

—Descuida, que no me voy. Estaba solo estirando las piernas. Vamos a buscar un servicio.

Caminamos un rato. Teníamos el aeropuerto para nosotras. Salimos en hora. Se había levantado un fuerte viento que me hizo temer que se cancelara el vuelo. Ya en el aeropuerto, estaba decidida a viajar. Volver a casa sin volar, como cuando recogía a Manu, era siempre frustrante.

La sala se llenó de turistas, que serpentearon en una larga cola con cara de velocidad, como si temieran quedarse en tierra. Permanecimos sentados. Había sitio para todos y habíamos facturado. Los de la fila nos miraron envidiosos cuando nos llamaron a embarcar de los primeros, sin más preferencia que la de estar en la parte trasera del avión. Marianne y yo nos sentamos juntas. Le di la mano en el despegue, para animarla. Desapareció la tierra y también el mar, y, con ellos, el vértigo. Me dormí.

Llegamos puntuales a Barajas. Como teníamos varias horas de escala, propuse dar una vuelta por el centro de Madrid. Desaprobaron mi idea. Ni teníamos tiempo, ni íbamos de turismo. Tampoco sabía yo muy bien de qué íbamos. Deambulamos un rato largo por la T4. Inaugurada hacía no mucho, parecía que olía a nueva. Sobre todo, era interminable, como si parte del viaje la tuviéramos que hacer andando. Me fijé en algún escaparate, aunque Marianne, enemiga del consumo, me miró severa cuando hice amago de entrar a probarme algo. Cogimos mesa en una cafetería. Me tomé un café. Hacía tiempo que no me tomaba uno bueno. Marianne pidió sándwiches para las dos. Sacó su ordenador portátil. Iba para largo. Me puse a leer una novela, de esas que no le hacían gracia a Marianne. Le disgustaba todo lo que leía, en realidad. Mi tutor había desaparecido. Tampoco me importaba por dónde anduviera.

El vuelo a Panamá era directo, sin escalas en Newark o Miami, donde paraba Manu. El avión iba lleno, aunque tuve suerte. Pedí un asiento de pasillo para poder ir al servicio sin molestar. Al lado del mío, el de la ventana se quedó libre. Me quité los zapatos, que me apretaban. Puse las rodillas en alto y así aguanté, más o menos, todo el viaje. Marianne y mi tutor tenían asientos contiguos, en la fila de delante. Los vi charlar mientras el avión subía a las nubes. Me adormecí viendo una película y, como siempre me pasa, me desperté cuando acabó. Nunca he llegado a ver una entera en un avión. Seguían hablando muy animados. Me sentí molesta. Esperaba que esos dos no terminaran haciéndose amigos.

Llegamos de noche cerrada al aeropuerto de Tocumen, después de casi veinte horas de viaje. No veíamos el momento de coger la cama.

En el control de pasaportes, nos pidieron el billete de vuelta, que era para dentro de tres meses. El oficial se entretuvo con mi tutor al que le hizo un tercer grado. A estas horas no eran usuales, según me contaron, tantas pesquisas. Aunque todos los días se publicaban noticias sobre el blanqueo de capitales en Panamá. Esa podía ser la razón de aquella severidad.

Nada más recoger la maleta en la aduana, sonó un aviso y una joven policía me pidió que la acompañara a un reservado. Era un control aleatorio: me había tocado a mí. Menos mal que no llevaba nada de comer, lo que me hubiera dado algún problema y eso que, en las últimas semanas, tenía hambre a deshoras. La miré con gesto cansado, queriendo ganármela. «¿Llevo todo el día de viaje y ahora me vas a parar a mí?», pensé.

La oficial se fijó en que estaba embarazada, pero siguió el trámite sin más contemplaciones. Me hizo algunas preguntas y examinó con detalle mi equipaje y hasta mi portátil. Me sorprendió encontrar en la maleta escrituras y documentos que yo no había metido. Al coger los documentos, se le cayó la cartulina que sujetaba mis notas. Se abrió y regó el suelo de hojas. Intentamos recogerlas y chocamos las dos. El ambiente se relajó y nos reímos. Me pidió disculpas, mientras trataba de ordenarlas. No debía haber procedimiento para eso. Me preguntó de cuánto estaba. No tenía hijos, aunque los tendría algún día. Le dije que en esas páginas contaba mi historia. Se las había escrito a mi hermano, que no sabía dónde estaba. No había podido mandárselas. Me miró sorprendida. La oficina de correos estaba cerrada.

—¿Las podría enviar usted? La dirección de mi hermano está escrita en la cartulina. Le puedo dejar dinero para los gastos —se me ocurrió decirle.

Hizo un gesto de desconcierto.

—El reglamento no permite recibir nada de un pasajero. Esa vaina es del todo imposible. Pero, si quiere, puedo enviar a su hermano un mensaje al celular. Le puedo decir que la he visto y que está bien.

No lo pensé mucho. Le di el número y se lo agradecí. Me pareció una buena idea, aunque mi tutor no quisiera que se supiera donde estábamos. Solo quería que no se preocupara. Presentía que iba a tardar mucho más que tres meses en volver a España.

Cuando salí, Marianne y mi tutor esperaban impacientes y agobiados. Marianne me preguntó qué había estado haciendo. «Lo normal, cuando te paran en un control.»

Les tranquilicé diciéndoles que había sido un trámite sin importancia. Casi lo único rutinario de mi vida desde que salí de la calle del Pez.

En la salida nos esperaba un hombretón. Éramos los últimos en salir. Se acercó y nos saludó.

—Buenas tardes, patrón. Buenas, señoras. Me llamo Adán y estoy a su orden. ¿Cómo les fue el viaje? Les retrasaron ahí dentro.

—Nos han hecho muchas preguntas en el control de policía.

—Estos *tongos* son bien *chambones*. Bueno, acompáñenme al carro. Llegamos *de vez*.

—¿Qué tal tiempo hace? —preguntó mi tutor.

Entre sus pocas virtudes tampoco estaba la originalidad.

—Han venido en la estación seca. Hasta marzo no hay mejor lugar.

Cargó con nuestras maletas y nos llevó hasta un todoterreno alemán. Habló durante todo el trayecto, sobre una murga de reguetón que tenía puesta. No le escuchamos hasta que mi tutor le rogó que apagara la radio. Enfilamos por el corredor sur hacia el centro de la ciudad. Seguimos la línea de la costa hasta la avenida Balboa. Luego, doblamos a la derecha. Cruzamos Tumba muerto, una de las avenidas principales.»¡Vaya nombre!». Adán nos contó que, en esa avenida, un facineroso se colgaba de un árbol por las noches para robar a los que pasaban. Poco después, paramos delante del portalón de una casa de dos plantas, en una calle medio oscura sin asfaltar.

Salieron a recibirnos dos mujeres. Al llegar, sentí la humedad fragante que despedía la vegetación. Nos preguntaron si preferíamos subir primero a los dormitorios. Si subía, no sería capaz de bajar. No podía con mi alma. A mis compañeros tampoco había forma de apuntalarlos, ni con unas copas. Nos sentamos. En pocos minutos, nos sirvieron un sancocho. Aunque se llamara igual, no era como el de mi tierra. La sopa tenía gallina, yuca y algunas verduras. Pensé que no iba a entrarme, pero resucitaba a un muerto y, sobre todo, estaba desperecida de hambre. Fuimos a las habitaciones. Cada uno tenía una. Caí rendida sin llegar a sacar el pijama de la maleta.

***

Las bisagras de las compuertas del balcón chirriaron. Un haz de luz cegador irrumpió en el cuarto. Terminé de despertarme. Una chica recogía mi ropa del suelo. Me incorporé y me quedé mirándola.

—Buenas días, señora Irene —me dijo—. Soy Ana Matilde. Estoy aquí para desempacar su maleta y poner sus cosas en el armario. Son las nueve de la mañana. Puede levantarse, pero no se preocupe. No hay prisa.

Le hice una mueca que pretendió ser un saludo.

—Espero que la almohada haya sido de su gusto. La dejo tranquila para que pueda asearse. Aquí tiene sus toallas de baño. Cuando termine, puede bajar a desayunar.

Había dormido bien, aunque no como para recuperarme del palizón del viaje. Cada día me sentía más hinchada. Pensé en mi hijo. ¿Estaría cansado? Bueno, él no tiene que hacer nada. «Tu solo tienes que crecer bien, hijo mío.» El amor pesa. Cada vez más.

En medio del baño había una tina de cerámica blanca labrada, en la que me metería en cuanto pudiera. Debía ser la hora de comer en España. Tenía el cuerpo desubicado. Había soñado que Thomas y doña Piedad discutían cómo se llamaría mi hijo. Sonreí para mí. Era lo que me faltaba.

No había hablado con Thomas del nombre. El sueño absurdo no iba tan descaminado. Era posible que a Piedad le interesara el nombre más que a su padre... que no quería saber mucho del niño. No, vaya ocurrencia. Todavía no sabíamos si iba a ser niño o niña. ¿La comunidad la iba a querer menos si era niña? «Todo va a salir bien mi bebé, tú no te preocupes».

Estábamos por lo menos a veintiocho grados. Había bastante humedad, aunque fuera la temporada seca. ¿Cómo sería la de lluvias?

Mi habitación era amplia. El techo alto y una cama con dosel frente al balcón de estilo colonial, con barrotes pintados de azul. Separé los dos portillos del todo y salí a deslumbrarme por el sol, que ya quemaba a esa hora. Sentí una bocanada de brisa. Si no sabía muy bien lo que hacía allí, por lo menos, podría disfrutar de la estancia.

Me tomé mi tiempo y me puse un trajecito suelto de verano. Mientras me peinaba, sentada delante del tocador, recordé la conversación con la guardia del aeropuerto. ¿Habría contactado con Hugo? Parecía de fiar. Pobre Hugo, ¿qué pensaría de esto? Era mejor no darle más vueltas. No tenía cómo saberlo. Antes de bajar, decidí guardar mis notas entre mis libros. Preferí no dejarlas a la vista. Salí de la habitación y bajé por una escalera circular, con un pasamanos de hierro. Una gran claraboya inundaba de luz cenital toda la casa. Abajo destacaba una mesa redonda de mármol, sobre la que se apoyaba un gran jarrón de porcelana china. Una exhibición de años de lujo con algunas pretensiones estéticas. Al llegar a la planta baja, escuché desde una esquina la voz de Ana Matilde que me llamaba jovial. Marianne desayunaba sola en el jardín.

Me embriagó el aroma penetrante de las flores. En unos días me enseñarían a distinguir todas las ruelias, heliconias y allamandas. Marianne estaba sentada de espaldas a la casa frente al jardín sobre un fondo de palmeras. Tenía el pelo suelto que le caía por los hombros desnudos. Apenas llegaba el rumor de fuera. El silencio se rompía con una cumbia que sonaba intermitente en la parte de arriba de la casa.

La rodeé por detrás y le besé la mejilla. Atrapó mis brazos y por un instante volvimos a ser las mejores amigas del mundo. Sentí su cabeza aplastada contra mi pecho, antes respingón y ya descomunal.

—¿Cómo has dormido, Ire? —a veces me llamaba Ire cuando estábamos solas.

—Como un ceporro.

—Toma algo de fruta. Está buenísima.

—Sí, eso voy a hacer. ¿Habrá café?

—Pídelo. Estamos en Panamá. ¿Cómo no va a haber café?

Marianne estaba feliz, de vacaciones en el Caribe, liberada de horarios y obligaciones. Aunque no estábamos solas...

—¿Y mi tutor?

—Ha desayunado y ha salido antes de que yo bajara. Tenía cosas que hacer.

—Por mí, mejor.

—No sé por qué te cae mal. Mejora cuanto más lo conoces. Es como un Thomas en pequeño. Tiene sus rarezas.

—¡No lo compares con Thomas!

Me horrorizaba que se llevaran bien entre ellos.

—Bueno, claro. Como Thomas solo hay uno. Tienes razón.

—¿Qué vamos a hacer hoy?

—Me tengo que acercar a un despacho de abogados y pasar por un banco. Aquí hay más bancos que bares. Esta tarde podemos ir al Causeway, que levantaron con la tierra que sacaron de Corte Culebra para hacer el Canal. Es la calzada Amador, que une las islitas que tenemos enfrente. Anoche las vimos iluminadas al venir. Es lo más animado de aquí. Podemos tomar arañitas y algo de pescado.

—¿Comes arañas? —pregunté extrañada.

—No, no... Son como calamarcitos fritos con sus patitas. Están muy ricas.

—Hablas como ya si conocieras esto.

—¡Ah!, ¿no te lo dije? Vine una vez por trabajo...

Un movimiento fugaz en unas ramas atrajo la atención de Marianne. Un pájaro había surgido entre los helechos. Se levantó para mirar.

—Mira, una iguana. Es como un dinosaurio de juguete —dijo.

—¡Una iguana! —exclamé—. Parece que está muerta.

Estaba pegada como una lapa a la pared blanca que resplandecía detrás de un tronco nudoso. No la habría visto si no me la hubiera señalado. Parecía dormitar recalentada por el sol. Tenía una cresta larguísima hasta la cola. Medía como un metro y medio. Me fascinaba, aunque diera miedo. Habría avanzado para comerse alguna hoja o atrapar algún bicho. Después permanecería horas petrificada hasta el próximo movimiento.

—No te asustes, aquí es un animal de compañía. Y está muy viva. Lo que pasa es que solo se mueve para comer o cuando le hace falta. No como nosotros que nos pasamos el día sin parar, aunque no sepamos para qué...

—¡Un animal de compañía! ¿Lo sacas a pasear y todo eso?

Me acordé de Vilma, mi perra. Se la llevó mi padre cuando se largó. Bueno, mi madre se empeñó en que se la llevara. Le dio igual lo que yo la quería. Lloré mucho. La iguana era demasiado fría para mascota. Me pareció tan cariñosa como mis padres.

Marianne cambió de tema.

—Por cierto, me tienes que dar unos papeles que metí en tu maleta... Preferí no llevarlos todos yo.

—Pues me diste un buen susto cuando los sacaron ayer en el control. Menos mal que no me preguntaron nada.

—Tienes razón. Te lo tenía que haber dicho.

—Si lo vuelves a hacer, dímelo. Y mejor, no metas nada.

—Descuida —me dijo, pero por su mirada, supe que lo haría.

***

Aquella mañana, esperé sumergida en la tina a que Marianne volviera de sus gestiones, mientras canturreaba canciones para mi bebé. Cuando creí que me iba a convertir en una pasa —a la media hora—, quité el tapón del desagüe. Noté cómo resbalaba el nivel del agua, milímetro a milímetro, sobre mi piel. Me sentía permeable y líquida, como si también fuera a derramarme por la cañería en el mar.

Había pasado los últimos meses con la lengua fuera de aquí para allá y, de pronto, tenía todo el tiempo del mundo para mí. Podía recrearme delante del espejo, leer y hasta escuchar música.

Al mediodía, llegó Marianne. Echamos la tarde de paseo por la ciudad. Me asombraron los coches, caros, nuevos y enormes. Se debían gastar lo que no tenían para que los vieran en sus cacharros. Caminamos por el malecón del paseo marítimo, entre gente tan campante con su ropa de domingo. El mar olía diferente, intenso pero menos fiero. Repetía el rumor sordo que nos atontaba, sentadas en el muro de piedra con las piernas colgando sobre las olas. Marianne se puso a mi lado y apoyé mi cabeza en su hombro. Un turista *yankee* nos hizo una foto. Debíamos tener cara de tontas. Marianne dijo que parecíamos una pareja de enamoradas. «Si hubiera venido Thomas, hubiéramos sido un trio muy amoroso». Reímos a carcajadas un rato. El mar nos salpicó las rodillas, mientras el sol se ponía sobre el océano.

A la vuelta, le pregunté por sus gestiones de la mañana. Nada preocupante: unas desinversiones y algunas instrucciones a los abogados. Para eso habíamos venido. Thomas quería que también estuviera yo.

—¿Aunque se pierda el parto? —no me contestó y seguí diciendo—. Es como si se desentendiera del niño. Ya sé que tiene otras muchas cosas de qué preocuparse.

Sabía que no tenía derecho a meterme en la vida de Thomas, pero era inconcebible que no preguntara…, que me dejara sola.

—¿Crees que no le importa tu hijo? No lo piensas en serio. Los hijos son de todos. Thomas no va a los partos. Lo hace por ti. Además podemos necesitar tu ayuda.

Siempre que salía Thomas en la conversación, se ponía a la defensiva. Cambió de tema para hablarme de Villa Astrid. Su familia la construyó en los años cincuenta, después de salir de Alemania. El dueño, primo segundo suyo, era socio del despacho con el que trabajábamos. Su mujer estaba en la finca que tenían en la isla de Contadora. Si pudiéramos convencer a mi tutor, iríamos a verla.

Terminamos en la isla Culebra. Tuve antojo de arañitas. Me encantaron.

Así pasamos una semana larga. En la casa me cuidaban. Con eso de que estaba embarazada, no me dejaban hacer nada. Como mucho, «solo trabajo bien liviano». Mientras mi tutor hacía su vida, nosotras, la nuestra. Por las mañanas, Marianne tenía reuniones y salíamos por la tarde. Probamos el pargo rojo y la corvina al ajillo, con su carne blanca sin espinas. Marianne le dio bastante al vidrio, como decían allí, aunque después de probar el seco, se volvió al ron. Algún roncito probé yo, en las tardes anaranjadas que nos dejaron estos días. Había siempre parranda. Me horrorizaba el reguetón que escuchaban en cualquier antro. Por fin, encontramos una terraza en la que ponían música de Bob Marley y nos abonamos a ella. Les gustaba bailar «sacando brillo a la hebilla». Marianne nunca había tenido tanto éxito. Yo estaba para menos trotes. Se me notaba la tripa, aunque no estaba *gordufa*. Se me acercó algún berraco. «Ahora no te puedes embarazar», me dijo. Les debían gustar las guiris preñadas. Fuimos a las esclusas de Miraflores y contemplamos la entrada de los grandes cargueros que hacían cola para cruzar el canal. Nos movimos mucho por el casco viejo, que nos recordaba un poco a nuestra tierra.

Una noche, de regreso a la villa, nos esperaba mi tutor con mala cara. Jamás fue la alegría de la huerta, pero parecía un cadáver más que nunca. Le pregunté qué pasaba. No abrió la boca. En la cena, Marianne se explayó en las cosas que hacer. Teníamos que ir sin falta al Caribe, a Bocas del Toro o, si no, a San Blas. Preferí seguirle la corriente. Mi tutor se levantó el primero de la mesa, sin disculparse. Me sorprendió porque educación era lo único que tenía.

Marianne me dijo que debían hablar. Subí a escribir. Se me olvidaba que, para las cosas serias, me trataban como una niña, aunque fuera la que había embarazado Thomas.

PARTE III:
LA BÚSQUEDA

No pretendas saber, pues no está permitido,
el fin que a mí y a ti, Leucónoe,
nos tienen asignados los dioses,
ni consultes los números babilónicos.
Mejor será aceptar lo que venga,
ya sean muchos los inviernos que Júpiter
te conceda, o sea este el último,

Horacio, *Carmina*, Siglo I a. C.

20.
No te lo vas a creer

Crossroads, seem to come and go, yeah [...].
But, back home he'll always run to sweet Melissa

The Allman Brothers Band, «Melissa»

Manuel

Hugo me llamó al móvil el segundo miércoles de enero. Llevaba más de tres semanas sin dar señales de vida. No lo pude coger. Iba en el coche con unos clientes. Insistió con un SMS: «Tengo noticias». Paré en el arcén y salí como un resorte, mientras mis pasajeros me atravesaban con la mirada.

—Hola, Hugo. ¿Sabes algo de Irene? ¿Ha aparecido?

—Hay novedades, Manu. Está en Panamá —sonaba nervioso.

—¿Qué dices? ¿Te puedo llamar en un rato?

Debía estar confundido. Era descabellado.

—Si te interesa, sí, claro.

¿Cómo que si me interesaba? Lo llamé en cuanto pude. Muy alterado, me contó que había recibido un mensaje.

—Manu, mi hermana ha pasado por el aeropuerto de Tocumen. Hace tres días.

—¿Cómo? ¿Y has tardado tanto en decírmelo? —le interpelé furioso.

—No sabía si decírtelo... ¿Cuándo la viste por última vez?

—Ya te lo dije. A mediados de septiembre —contesté.

—¿Estuvisteis juntos?

—Sí, en casa. ¿A qué viene ahora esto?

«¿Qué mosca le ha picado?», me pregunté.

—¿Me lo has contado todo? —Hugo estaba fuera de sí. Me tuve que armar de paciencia. No quería que me colgara.

—Hombre, sí. Lo fundamental —dije.

—¿Nada más?

—Por lo menos, todo lo que te puede afectar.

—La guardia de la aduana dice que mi hermana está embarazada... ¿Te parece que eso me puede interesar? —elevó la voz por el auricular.

—¡No puede ser ella! ¿Era Irene? ¿Te dijo su nombre?

—No. Eso no —reconoció.

—Será un error —le dije.

—El mensaje es de un número de Panamá. Dice que Irene está de seis meses. He intentado hablar con ella, sin éxito... ¿Seguro que no vas a ser padre? —me preguntó Hugo vacilando.

Pensé que a Hugo se le había ido la pinza. Me eché a temblar. Irene habló de tener hijos más adelante, pero algo así no se me había pasado por la cabeza. La última noche todo fue muy espontáneo. De pronto, resultaba que Irene podía haber ido a que le hiciera un niño. Pero..., ¿para qué quería un hijo mío? Ya lo tendría con el próximo. Un niño no era un *souvenir*, era absurdo.

—¿Seguro? No lo creo, salvo que ella lo fuera a buscar.

—Voy a hacer como si no te hubiera oído —sin duda me odiaba.

—Un momento, ¿dice que está de seis meses? Tiene que ser otra persona.

—Hay que hacer lo que sea para hablar con la agente —sentenció Hugo.

En eso estábamos de acuerdo. Solo en eso.

***

Si esa noche estaba embarazada, ¿me lo hubiera dicho? Imaginé la situación: «Adiós para siempre. Vas a ser padre. Te lo digo para que dediques el resto de tu vida a buscar a tu hijo». No, Irene no era así. Si estaba embarazada, no lo sabría. ¿O iba a tener un hijo de otro y no se atrevió a decírmelo? ¿Me dejaba por eso?

Teníamos que hablar con la guardia de Panamá, y si no, con Marianne. Y mientras, mantener la calma. Sí, eso era fácil decirlo...

Si yo era el padre, podría volver con el niño, aunque estaba dando un buen rodeo. De todas maneras, ¿qué hacía allí? Si quería hablar con Hugo, ¿por qué no lo llamaba? ¿En qué se había metido? Había algo demasiado raro en todo. El mensaje parecía una llamada de socorro.

Respiré hondo. No había que tomar en serio lo que dijera una desconocida. Pero ¿qué ganaba ella? Me levanté de la cama y tomé otra pastilla para dormir. Si no cogía el sueño con la segunda, me tomaría la tercera o la cuarta. Si seguía sin dormir, por lo menos me quedaría tonto.

Sonó el teléfono a las cuatro de la mañana del domingo. Me desperté del susto. Iba a colgar sin cogerlo, pero vi que era Hugo.

—¿Sabes la hora que es? —era una pregunta mordaz.

—¿Estabas durmiendo? —no era una mala contestación—. He conseguido hablar con la agente que me escribió. Se ha puesto al teléfono por fin.

—Perdona, Hugo. ¿Qué te ha dicho?

—Me ha descrito a Irene. Era ella. Cree que iba con otros dos. Un muchacho algo mayor y una chica, rubia, alta, que podría ser Marianne. Con razón no he conseguido localizarla.

—¿Estaba embarazada? —pregunté angustiado.

—Sí. Se le notaba, aunque no estaba muy gorda. Fue Irene la que le dijo que estaba de seis meses.

—Ya —murmuré desalentado.

—Se llama Nidia Yaneth y parece bastante joven. Me dijo que Irene llevaba unas notas escritas para mí. Le pidió que me las mandara. No podía hacerlo, pero se ofreció a enviarme un mensaje —me contó.

—¿Cómo estaba?

—Me ha dicho que bien, aunque cansada.

—¿Cómo no te escribió Irene? —le pregunté extrañado.

—A mí también me parece raro. No tendrá móvil...

—Aunque tenía dos... ¿Crees que te lo ha dicho todo? ¿Nos podemos enterar de su dirección? Al llegar a un país, tienes que declarar adónde vas —le dije.

—Ya se lo he preguntado. No puede de ninguna manera. Cometería una infracción grave. He insistido hasta que me ha amenazado con colgarme.

—¿Podemos llamar otra vez?

—Manu, vamos a reposar lo que sabemos y hablamos mañana.

—Tienes razón. Muchas gracias, Hugo.

Me asomé al balcón, esperando que llegara el amanecer y disipara las tinieblas y las sombras. Luego, no volví a coger el sueño del todo. En el duermevela, me figuré volando a Panamá.

***

Llevaba dos semanas sin saber de Hugo. Mientras a mí me consumían las dudas, él arrastraba los pies.

Pasaba los días atolondrado, de un lado para otro. Por las noches, volvía a cargar conmigo a cuestas hasta mi casa. En la cama me convencía de que no tenía más remedio que ir a buscarla. Por la mañana, me parecía un disparate. ¿Encontrar una española embarazada en todo un país? Claro que Panamá no es Australia, pero de todas maneras... Además, no había dicho nada en el despacho. A pesar de las noticias publicadas sobre nuestros clientes, nadie pensaba en ir a Panamá.

El sábado a media mañana, me espabiló la llamada de Hugo. Seguía sin localizar a Marianne, pero había hablado con su hermana Astrid. Su teléfono estaba en los viejos archivos de la consulta donde Hugo trabajó unos años antes. En aquella época, salía con Marianne. Astrid le llevó a su perro, enfermo de leishmaniasis. Lo tuvo que sacrificar.

Hugo había quedado con Astrid el lunes siguiente. Pensé que podía haberme contado su relación con Marianne. La verdad es sabía muy poco de él. Solo que, si iba a Panamá, él no vendría.

Hugo me llamó el mismo lunes por la noche.

Las hermanas se habían distanciado. Su trato se reducía al intercambio de insulsas felicitaciones navideñas. Marianne había sido siempre la rara de la familia, con sus extravagancias molestas y hasta peligrosas.

Tuvimos suerte. Un hermano de su abuelo había salido de Alemania en los años cuarenta, al acabar la guerra, en busca de nuevas oportunidades. No paró hasta llegar a Panamá y allí se estableció. Astrid había escrito a su hermana, sin resultado. En cambio, su familia alemana le había dado la dirección de sus parientes en Panamá City.

—Y ahora ¿qué vas a hacer? —me preguntó Hugo.

Desde que resultó que Irene estaba embarazada, me había dejado toda la responsabilidad a mí. Tenía razón. El solo era un hermano, mientras que, para él, yo era el padre.

***

Ese martes estuve zombi todo el día, barruntando una nueva vida con Irene y el niño. Aunque las últimas semanas habían puesto patas arriba, más que un incierto futuro, la realidad de nuestro pasado.

No iba a esquivar el destino. Tendría que ir a buscarla. Si no la encontraba, que no fuera porque no lo intenté. Pero si ella no volvía, ¿no era mejor dejarla en paz?

Confiaba en que Irene siguiera con Marianne. Si supiera a qué habían ido… Uno no va hasta Panamá de paso. Si vas, es que quieres ir. No es como si la hubieran visto en Miami o Heathrow.

A última hora, había poca gente en el despacho. Pronto llegarían las limpiadoras, que ya me conocían de todas las noches. Mónica se había despedido de mí con un gesto preocupado. Me entretenía para llegar a casa lo más tarde posible y miraba vuelos sin decidirme, cuando sonó el teléfono. Era Pepa.

—¿Qué tal, Pepa? Estoy un poco ocupado pero dime.

Me agradó escuchar su voz, aunque estaba con la cabeza en Panamá. Mejor que fuera al grano.

—¡Hijo, perdona! Quería saber si tienes noticias de Irene.

—Nada... o no mucho —le dije.

—Me has dejado nerviosa.

—Bueno, mujer, no te preocupes —pensé que podía despedirme así.

—Pues... —varió el tono—. Oye, ¿tú cómo estás?

—Peor que tú —contesté.

—Yo es que estoy muy bien.

Me hacían gracia sus salidas, aunque estuviera para pocas bromas.

—Ya me fijé —le dije.

Me contestó con una risa y siguió:

—Entonces, ¿supiste algo más de Irene?

—Bueno —antes de que cambiara de tema, continué—. Si te lo digo, no te lo vas a creer.

—A mí el que me importa eres tú. Irene... como si está en la Luna.

—Pues casi aciertas.

—¿Qué dices?

—A la Luna no se ha ido, pero la han visto en Panamá.

Detrás de la línea noté la sorpresa.

Dudó un instante y dijo:

—Pues, ¡una preocupación menos!

—¡Qué va! Es lo contrario. Ahora tengo una preocupación más.

—Tú te estás guardando algo —dijo, perdiendo la paciencia—. Sea lo que sea, cuenta conmigo para lo que quieras. No lo olvides.

—Lo sé, gracias. Ya hablaremos. Un beso —era evidente que la conversación no iba a ningún sitio.

—Otro *pa* ti —se despidió.

Nada más colgar, me arrepentí de hacerlo. Necesitaba hablar con alguien. Para eso no me valía el pesado de Hugo, que nunca me perdonaría del todo la desaparición de Irene. Sin pensarlo, la volví a llamar.

—Pepa, no te lo he dicho todo.

—Ya.

Se lo conté, sin más interrupción que la de la limpiadora al marcharse. Le faltó tiempo para soltarme que, si me necesitaba, me acompañaría a Panamá. Me resistí, pero, cuando insistió, lo hice ya sin convicción. Solo tenía el inconveniente del dinero. Se lo pediría a su madre. Ni pensarlo, ni imaginarlo. Sin tiempo para gastar, ni ganas, ni con quien, pasta era lo único que me sobraba.

Tenía que avisar en su trabajo, pero no tendría pegas. Se le estaba acabando el contrato en una empresa municipal. El problema iba a ser para mí.

***

Al día siguiente, fui con Alfonso, mi jefe, a ver al director. Como me temía, les costó entenderme.

—¿No te había dejado este verano? —me preguntó.

Alfonso me hablaba como si hubiera perdido el juicio. El director se había puesto de pie para recibirnos. Mientras me escuchaba, empezó a caminar incómodo por el despacho. Se subió las gafas, carraspeó, separó y juntó las manos en un gesto teatral, antes de hablar.

—No te entiendo, Manuel. Sabes, como yo, que no es momento para que cada uno tire por su lado. Los problemas personales caducaron hace tiempo. Tenemos cosas más graves ahora.

Nos sentamos. Les comprendía, pero no tenía otra opción. Debía ir en busca de Irene. No tenía ni idea de cuánto tiempo necesitaría. Si solo pedía una semana, no podría quedarme ni un día más. Probé a pedir dos. Si volvía antes, encima me lo iban a agradecer.

—¿Te quieres ir dos semanas porque tu novia tiene un problema? ¿Una chica que te dejó? —me preguntó el director, incrédulo.

—¿Y qué hace tu novia en Panamá? Espera a que vuelva —dijo Alfonso.

Mi jefe se removió molesto en su asiento. Sabía que si pedía algo así, tendría mis razones, pero no se la iba a jugar por mí.

Todo lo que decían era muy sensato. Me tendría que olvidar de que me hicieran socio. Eso, si hacían socio a alguien. Algo así podía ser la puntilla a mi carrera. Hacía meses que estaba despistado, viviendo de las rentas. En un sitio como ese, las rentas daban para poco.

Me incorporé en la butaca, apoyé los codos sobre las piernas y entrecrucé los dedos. Habría contado una versión amable de la historia, pero tuve que cargar las tintas. La cosa fue de mal en peor a medida que hablaba. Irene, embarazada de mí, estaba a punto de caer en una red criminal. Había que salvar al niño y a la madre.

Mis socios me miraron estupefactos, sin acabar de creérselo, pero sin atreverse a expresarlo. Callaron pensativos durante un instante. Si tenía que irme, lo entendían. Me deseaban todo el éxito del mundo.

Salí poco orgulloso de mi actuación. En el pasillo choqué con Mónica. Estuve a punto de contarle algo. Preferí decirle solo que me tenía que ir de viaje. Ya se lo explicaría todo con pelos y señales, cuando volviera.

Me sonrió sorprendida. Había vuelto con un antiguo novio de la carrera, con el que coincidió en una clase de *spinning*, al poco de volver de Sevilla. Los lunes llegaba al despacho con los ojos brillantes y la cara de contenta. Traía unas minifaldas que ya no se veían por mi planta. Como si dijera: mirad lo que os habéis perdido.

Compré dos billetes directos a Panamá para aquel domingo, sin decirle nada a Hugo. Hice una maleta pequeña y cogí mi portátil. Cuando llamé a Pepa, estaba hablando con su madre.

21.
Cruzar el charco

I'm learning to fly around the clouds
but what goes up must come down.

Tom Petty and Jeff Lynne, «I'm learning to fly»

MANUEL

—Bueno, pues aquí estamos.

Se me acercó por detrás y me dio un abrazo, delante del mostrador de facturación de la T4 donde la esperaba. Había salido de Cádiz en el primer tren.

—¡Hola, Pepa! Me alegra mucho que hayas venido. No sé cómo agradecértelo.

Era verdad. Le daba otro aire al viaje, que hubiera sido insufrible para mí solo. Y con Hugo, mucho peor.

—No tenía nada que hacer —dijo.

—Eres un cielo —la piropeé mirándola a los ojos.

Luego me arrepentí de decirlo. No estábamos para tonterías. Cuanto menos efusivo fuera, mejor. Íbamos a lo que íbamos y nos quedaba un largo camino.

—Un cielo que te puede llevar al infierno —me respondió provocativa.

—¡Qué cosas tienes!

—Por lo menos, conmigo estarás entretenido.

Pasamos los controles. Cada vez más estrictos, comentó Pepa, que hacía mucho que no cogía un avión. Algún día nos harán una resonancia desnudos para ver qué llevamos dentro.

Paramos en un bar donde los bocatas de jamón con tomate no tenían mala pinta.

—¿Quieres que pidamos algo de comer?

—Bueno, ya que invitas.

Se pasó casi todo el viaje hablando sin parar. Era vivaracha, traviesa como su padre, pero más descarada. Me llamó «papi», aunque le puse tal cara que no lo volvió a hacer.

—¿Has pensado ya el nombre del niño? —quise matarla, pero cambió de tema—. ¡Vaya con mi prima! La mosquita muerta.

Luego se durmió. Me puse mis auriculares con cancelación de ruido, aunque el ruido lo llevaba dentro.

Al llegar al control del aeropuerto de Panamá, me fijé en los nombres de las policías que llevaban marcado en unas chapitas de metal sobre el pecho. No se podían leer si no te acercabas mucho.

Ante mi interés, una joven se sonrió. Otra me siguió con una mirada de desaprobación, pero la tercera, algo mayor, me preguntó qué estaba mirando. A punto estuvo de complicarnos la entrada. Menos mal que Pepa salió en mi defensa para decirle que buscábamos a Nidia Yaneth. La guardia se extrañó un poco de que la conociéramos. Respondió que no estaba en ese momento.

—Querríamos saludarla, si fuera posible —insistí.

—No pueden quedarse aquí. Están cortando el paso —dijo severamente.

Pepa tiró de mí. Nos disculpamos y salimos fuera.

—Mira tú en lo que te vas a fijar. ¡Por poco nos detienen!

—Tienes razón. Perdóname.

—Si te vas a poner a mirar tetas, mira las mías...

—Bueno, ya, ya —me sentí acharado—. Descuida.

—Pero no me las gastes.

—Ya sabes que no las miraba. Era por hablar con ella.

—Venga, hombre, ya lo sé —me concedió.

Esa noche me acordé de las veces que había estado allí con Fernando. ¿Quién me iba a decir que volvería con su hija? La misma Pepa me lo había dicho: «te salvan tus amigos. Si no fuera por ellos, ¿dónde estarías?». Ella era el ejemplo. A la hora de la verdad, no había tanta gente a tu lado.

Bajé la ventanilla del taxi y miré el mar, mientras nos acercábamos a la avenida Balboa. Entraba una brisa que me reconfortaba. Pepa me sonreía contenta. Le sonreí de vuelta. Para querer estar muerto, me sentía bastante vivo.

Esa misma noche, desde el hotel hablé por teléfono con la casa de Marianne. Me atendió una chica. No había nadie, pero el señor estaría a la mañana siguiente.

***

El lunes amaneció soberbio. Cuando salí, todavía no se había levantado el calor. Me apresuré a tomar un taxi. Había ya bastante tráfico. Al volver, llamaría a Pepa para desayunar. Estaría rendida y preferí no despertarla. Además, no sabía bien cómo presentársela al señor Hofmann.

Llegué a las ocho de la mañana a Villa Astrid. Una muchacha impecable me llevó a la terraza donde estaba sentado Jorge Hofmann. Parecía el auténtico capitán Von Trapp, recién sacado de su mansión de los Alpes para trasladarlo tal cual a Panamá City. Me lo figuré imponente con su *leader hose*. En cualquier momento se daría la vuelta y entonaría el famoso *jodeln* tirolés y dos mujeres embutidas en trajes bávaros con enormes jarras de cerveza ejecutarían la coreografía imaginaria de un *Oktoberfest* tropical.

Se levantó ágil. Vestía bien, con un traje de lino y una corbata cara. Me apretó la mano enérgicamente, mientras me miraba atento con sus ojos claros. Elegante y profesional, con una pinta estudiada de abogado en el que confiar. Alguien que te podría anunciar, con una sonrisa, una condena de años a la sombra. Sin sentirse culpable, ni él ni tú. Quizás él un poco más, por lo que debía cobrar. Tú lo aceptarías con tranquila resignación. Como un hecho más de la naturaleza, como un próximo terremoto, sin más reacción posible que esperarlo con un *ronsito*, Zacapa o Pampero Aniversario, una rodaja de naranja y dos hielos.

Al llamar la noche anterior, había tenido la prudencia de presentarme como abogado de Madrid. Me saludó de forma cercana y afable. Como a un conocido de siempre. El compañero del despacho de al lado. Me invitó a sentarme en la mesa y me ofreció una taza de café que acepté encantado.

—Buenos días licenciado. ¿Qué le trae por aquí?

—Le agradezco mucho que me atienda, señor Hofmann.

—Llámeme Jorge. Somos colegas. Dígame usted cómo le puedo ayudar.

—Muchas gracias. Vengo con frecuencia a Panamá por temas profesionales, con clientes y con la Comisión de Valores.

—Ya veo que conoce cómo va la vaina.

—Sí, aunque vengo a verle por un tema personal. Me gustaría contactar con unas chicas españolas que están de viaje por aquí. Una es Marianne, que creo que es pariente suya.

—Sí, Marianne estuvo en casa hace unos días.

—Con ella venía Irene, una buena amiga mía.

—¿Una buena amiga le ha hecho venir a donde el diablo perdió la chancleta? —dijo como si pensara en voz alta.

—Bueno, es mi novia. Puede que esté enferma y no consigo contactar con ella. Si usted supiera algo de ella o dónde está...

—Marianne vino con una chica y un pana. No los vi. Me dijeron que la chica... —prefirió guardar silencio y preguntarme con los ojos.

—Está embarazada —le dije.

—Entiendo su preocupación —concedió—. Podría hacer algunas averiguaciones. ¿Cuándo piensa volver a España?

—No tengo prisa en volver. Le agradezco toda la información que pueda darme.

—Estoy a su disposición. Tengo mis conocidos. Ya sabe lo que dicen de Panamá. Somos una república de primos. Todos somos familia. Todos los que somos algo, claro.

—No sé cómo darle las gracias.

—No se preocupe. Déjelo de mi cuenta. Disfrute del buen tiempo y dese un baño de pueblo.

—Muchas gracias, esta es una buena época para venir.

—La mejor. Lástima que no dure todo el año. A partir de marzo, el tiempo empeora.

Le di mi dirección del Hotel Intercontinental Miramar y nos intercambiamos los números de teléfono.

—No pierda de vista el celular ¿Conoce Taboga o Contadora? La vuelta merece la pena. Pero no se aleje mucho de la ciudad. Imagínese si no lo encuentro.

—Descuide.

Me acompañó a la puerta y nos despedimos. Me esperaba allí un todoterreno de esos que tanto gustan allí, que me llevó de vuelta al hotel.

Adán, el conductor, no paró de hablar. Cuando le conté que estaba buscando a dos españolas que habían llegado hacía unas semanas, me dijo que las conocía. Las había recogido en el aeropuerto, enseñado la ciudad y los alrededores, y las había vuelto a dejar cuando se fueron. «No, no se volvieron a España», me tranquilizó. Las iba a llevar de paseo y, en lugar de eso, le pidieron que las dejara en el aeropuerto Albrook. Fue muy precipitado. Adán se acordaba del día y la hora aproximada. Hacía menos de una semana. No le habían dicho adónde iban. Ni siquiera estaba seguro de que lo supieran. Se fueron las dos solas, sin el *man* que había venido con ellas, que debía ser el padre de la criatura. El último comentario me dejó de piedra.

—¿Por qué piensa que era el padre? ¿Estaban juntos?

—No sé. El tipo hablaba más con la otra, aunque decía poco. Solo era una suposición —se justificó, mientras me miraba con interés.

Era lógico. Si venía con un tío, ¿no podía ser el padre del niño?

—Llevo trabajando por veinte años para la familia. Estoy a su orden para lo que precise —dijo.

Tenía prisa por volver. Prometí llamarlo sin falta. Intercambiamos tarjetas. Le di una propina. Me dejó en el hotel y me deseó suerte.

Subí directamente a la habitación de Pepa. Abrió empapada y envuelta en una toalla. La había sacado de la ducha. Me senté en una butaca. Traté de contestar sus preguntas, a la vez que aclaraba mis pensamientos. Había que descubrir adónde habían volado.

22.
Panamá City

I just feel like calling it a day,
but you send me back to the start.
It seems I never get far
because you drive a hard bargain.

Ron Sexsmith, «Hard bargain»

PEPA

Había puesto la alarma sobre las nueve de la mañana, hora de Panamá. Me desperté mucho antes, pero no me moví. Me quedé remoloneando por la cama *king size.* Había cama para tres, por lo menos. Estaba *descuajeringá* y Manolo debía seguir en casa de la familia de Marianne, la amiga de Irene. No tenía mucha confianza en sus gestiones, pero era su única baza. Me había dicho que no hacía falta que fuera. Podía contar conmigo cuando me necesitara. Solo venía a acompañarle. Lo que hiciera Irene era cosa suya. Lo que le pasara, se lo habría buscado. Como dice mi madre, donde las dan, las toman.

Me pregunté qué estaría pensando. El miércoles anterior, a la hora de comer, le dije que me iba de viaje a Panamá. Puso cara de que me había vuelto majareta.

—¡Tú estas *chalá*! ¿Qué se te ha *perdío* a ti en Panamá?

Le prometí que hablaríamos esa noche. Manolo tenía que confirmarme que podíamos ir y cuándo. Aunque no las tenía todas conmigo, preferí darle el viaje como seguro. Me pasé toda la tarde indecisa, sin saber qué decirle. Al principio, pensé en contárselo todo, pero ¿para qué? Mejor solo lo imprescindible. Manolo había roto con Irene. No era mentira del todo. Me había invitado a acompañarle, porque tenía que viajar allí. Tampoco era toda la verdad.

Mi madre se alegró mucho. Mi padre nunca la llevó a Panamá y le hubiera gustado ir. Pero lo principal era que iba con Manolo, el niño de sus ojos desde que lo conoció. El día que mi padre lo trajo a casa a comer, me dijo «a ver si te espabilas y encuentras uno como este». Según ella, era *chachilón* y buena gente. No había nadie como él en el vecindario, y menos el fullero con el que salía yo en esa época, que era «bueno *pa na*». Tenía más razón que un santo. Cuando supo que Manolo vivía con Irene, dejó de darme la murga.

La conocía. Los ojos le hacían chiribitas. Se figuraría que íbamos de viaje de novios antes de serlo.

—Vamos a tener cada uno una habitación.

—Hija, ya… ¡Yo no digo *na*!

Me dio pena que se hiciera ilusiones. No podía darle todos los detalles, como que Irene estaba embarazada y que íbamos a buscarla. No lo entendería. Ni lo entendía yo… ¡Como para explicárselo a mi madre!

No había salido mucho fuera de *Cai*. Había conseguido algún empleo municipal, lo que era una suerte. Hacía mucha vida con mis amigas y últimamente con mi madre. La Playa de los Alemanes, las puestas de sol, los carnavales y la guasa. Aunque mi tierra fuera la mejor del mundo, me apetecía viajar. Cruzar el charco.

Tenía sueño y hambre. Me levanté y oprimí el botón que abría las cortinas. La luz me cegó por un momento. Desde la planta 16 tenía una vista infinita del mar. El Pacífico entero para mí. En frente se veían las islas unidas por el Causeway, como me había contado Manolo, y delante del hotel una pequeña marina con unos yates. ¡Estaba *alocá*!

Cuando llegamos, le dije que se había pasado. Era un hotelazo. Estos abogados deben ganar bastante. Me había contado que a este hotel venía con mi padre y le hacía gracia volver con la hija. «¡Pues hijo, yo no te voy a quitar la ilusión!»

Después de enfrentarme con el mando de la ducha —exclusivo para ingenieros— acerté con el chorro, la dirección, la potencia y la temperatura. Me estaba quedando nueva y me puse a tararear. En mitad de la ducha, escuché llamar a la puerta. Había colgado el cartel de no molestar. Era Manolo, que venía con cara de estar flipando, el tío.

***

Pasamos la mañana buscando posibles destinos desde el aeropuerto de Albrook. Era un aeropuerto pequeño, con poco sitio para esperar y nada que hacer. Manolo lo conocía. Para algunos trayectos pesaban a los pasajeros antes de embarcar.

Me dio lástima verlo hacerse un lío con los vuelos. Menos mal que casi todos eran nacionales. A la hora a la que Adán las había dejado, había uno a David y, al poco, otro a la isla del Porvenir, en San Blas. El avión a David, cerca de Costa Rica, hacía escala allí y luego se desviaba hasta Bocas del Toro. También podían haber cogido una avioneta privada a Contadora. Era buscar una aguja en un pajar. Llamó al señor Hofmann a su despacho y le dejó recado. Iba a estar reunido toda la mañana.

—No te preocupes Manolo. Se habrán ido a hacer turismo. Volverán en unos días —le animé.

—Ya, pero todo es muy raro. Es absurda tanta precipitación para coger un vuelo, sin decir adónde van, si solo quieren pasar unos días en la playa —me contestó inquieto.

Si, como decía Manolo, el conductor era tan hablador ¿cómo era posible que no les hubiera sacado el destino? No se lo habían querido decir o, como sugería Adán, ni siquiera lo sabían. Preferirían no dejar pistas, pero, ¿por qué?

Salí a la piscina y dejé a Manolo enfrascado delante del ordenador. Pedí una cerveza Panamá y una hamburguesa y me puse más crema de protección solar en la espalda. El sol abrasaba. Iba a volver negra a mi casa. Perseguir a Irene no era un mal plan.

El señor Hofmann le devolvió la llamada. La información de Adán le pareció muy útil. Tenía contactos en las líneas aéreas.

Esa noche fuimos al casco viejo a cenar a un restaurante que conocía Manolo. Era «Manolo Caracol», que cocina con amor, según se anunciaba. Pedimos un Rioja, que nos sirvió algo templado. No nos trajo carta, solo nos preguntó si teníamos hambre. Manolo me dijo que confiara. Iba a ponernos lo que quisiera. Luego, ¡nos sacó tortillitas de camarones! Estaban muy ricas. Era lo último que pensaba comer en Panamá.

Me extrañó y le pregunté cómo las tenía en el menú. El Caracol era de Barbate.

A la vuelta, encontramos un coche patrulla en la puerta del hotel. En el *lobby* nos dijeron que un huésped había tenido un accidente. Había caído desde su ventana de la planta 25, la más exclusiva, a la terraza de la piscina. El *night manager* de recepción dijo que no descartaban el suicidio. En mi habitación comprobé que las ventanas no se abrían y eran de cristal reforzado. Caerse no era nada fácil. Seguro que le habían ayudado. Manolo no le dio más importancia. Era lo natural: sería un narcoejecutivo.

MANUEL

Al levantarme envié un mensaje a Hugo. No le había dicho que estaba en Panamá. Me llamó al poco rato y le conté lo que sabía. Me agradeció la información y me deseó mucha suerte. Sonó sincero.

Pasamos ese miércoles en la isla de Taboga. En el ferri, subimos a la cubierta de arriba para contemplar la vista del canal. Pepa estaba espléndida, de pie al lado de la bandera de Panamá, mientras el viento le hacía remolinos en el pelo. Solo por la ilusión que le hacía, merecía la pena la excursión.

Llegamos al muelle y recorrimos la cuesta hasta el pueblo. Los olores de las plantas nos emborrachaban. Sus colores reverberaban la luz. La llamaban la Isla de las Flores. Después de ascender a la plaza de la iglesia, Pepa quiso ir a la playa. Le dije que no llevaba traje de baño. Se empeñó en que me comprara uno. Por fin entramos en una tienda que vendía *souvenirs*, toallas y bañadores. Todo muy *low cost*, con una calidad igual de baja. No había sitio donde cambiarse. La señora de la tienda sostuvo medio cerrada la puerta de la entrada, mientras detrás de ella, me probaba un bañador de plantas marinas. Era horripilante, aunque también el más bonito que tenían. Me apretaba un poco y las costuras me hacían daño en las ingles.

Pepa se estuvo guaseando de mi pinta en la playa. Ella llevaba un bikini naranja que le quedaba como un guante. Su pecho llamaba la atención. Lo sabía de sobra. Cuando la dejé acompañarme, no pensé en lo buena que estaba. Ninguno de mis amigos se lo creería, pero era la verdad. Al menos, no lo había pensado mucho.

—¿Cómo estás?

—Muy bien. No conocía esta isla —le dije.

—Me encanta. Mil gracias por traerme.

Arqueó todo el cuerpo, estirando los brazos por encima de la cabeza. No pude dejar de fijarme.

—¿Te gusta lo que ves?

—Pepa, ¡que soy muy impresionable!

Me sonrió con un descaro que me desarmaba y siguió:

—Pues con el bañador que llevas, mejor no te fijes mucho.

Pedimos unas pizzas y unas cervezas. Estaba dispuesta a ser feliz y no iba a impedírselo.

Volvimos en el ferri de las cinco de la tarde. Ya en el hotel, llamé a Hofmann. Me contestó su asistente que le disculpara. No estaba disponible.

***

A la mañana siguiente, tuve una reunión sobre Pepote, inútil y tediosa. En realidad no tenía interés en el asunto. La razón para ir era otra. Pensaba hablar con un abogado con el que había congeniado. Le conté la desaparición de Irene y le pregunté qué podía hacer para encontrarla. Note en su cara cierta perplejidad y cambió de tema. Nuestra amistad se limitaba a la factura de los clientes. Era más superficial de lo que pensaba.

De allí fui a la oficina de Hofmann. Estaba en la última planta de uno de los nuevos rascacielos construidos frente al mar. Me atendieron varias asistentes, todas maquilladas y pintadas como si estuvieran en un cóctel, con un uniforme azul, *blazer*, falda por encima de la rodilla, un coqueto gorro del mismo color y un pañuelo anudado al cuello. Su secretaria vino a disculparse al rato y me «regaló» un café. Luego me invitó a pasar al despacho de Hofmann. De pie, vuelto hacía la vista panorámica del mar, colgaba el teléfono en ese momento. Le acababan de confirmar que no había registro de ningún vuelo a nombre de Marianne o Irene. No significaba que no hubieran volado. Esta vez no me dio ninguna confianza. Sería cosa de tiempo..., que no tenía «un abogado como yo». Lo mejor era que me volviera a España. «Salvo que su amiga prefiera hacer turismo por el país». Para eso, me podría recomendar algunas islas y complejos muy chéveres a los que ir.

—¿Perdóneme? —le corté atónito. ¿Cómo sabía que venía con alguien?

—Aquí todo se sabe. Me contaron esa vaina. Me alegro por usted. Es mejor no estar solo, ¿no cree?

—Solo es una compañera que me ayuda.

Hofmann me miraba burlón. Debía pensar que, si traía una amiga, lo mío no sería para tanto.

—Pues, entonces, no le dé más vueltas. Le avisaré si hay noticias. Puede irse tranquilo.

Se disculpó. Le estaban esperando en una reunión que había comenzado y no podía demorarse más. Nos despedimos. Me repitió que me tendría informado. Se lo agradecí mucho y le anuncié que nos iríamos cuanto antes. Como dicen, ese chancho nunca daría manteca.

En el despacho me habían dado el nombre de un funcionario de la embajada de España. Cuando le planteé el tema, dijo que me ayudaría, aunque iba a ser muy difícil. No me extrañó. Salvo en las catástrofes, nunca he sabido bien para que sirven esas oficinas a la gente corriente. No esperaba descubrirlo entonces.

Por la tarde, el taxista que nos había traído del aeropuerto nos dio una vuelta por la capital. Aunque la conocía bien, no dejaban de sorprenderme sus contrastes. En cada esquina, surgía una ciudad distinta. Tantos rascacielos y tan pocas aceras. Casas coloniales de familias ricas junto a barrios miserables y bullangueros. Puestos de comida en la calle. Ruido y gente.

Esa noche cenamos en Isla Culebra. Al día siguiente fuimos a la selva de Gamboa y al río Chagres. A Pepa le impresionó la exuberancia del bosque, mientras caminábamos con un guía que nos mostraba plantas, flores, ranas, insectos y alguna serpiente. Escuchamos monos araña, pero no llegamos a verlos. El guía nos señaló unos pájaros en las copas de los árboles. Distinguimos algunos. Nos imaginamos a la mayoría. Le dijeron a Pepa que había pumas. Siempre lo decían, pero nadie los había visto.

A la vuelta, Pepa me agradeció la caminata. Le dije que no teníamos nada mejor que hacer. Podíamos adelantar la vuelta. Sí, me respondió, pero la decisión tenía que ser mía y solo mía.

23.
Más lejos y más sola

You got a fast car I want a ticket to anywhere [...]
Anyplace is better starting from zero got nothing to lose.

Tracy Chapman, «Fast car»

IRENE

Llegamos a la isla de El Porvenir en una avioneta vieja. El nombre le venía muy grande a la isla. Porvenir no tenía ninguno.

A mí me venía igual de grande la partida.

Aquella mañana me vestí con la idea de ir a Panamá vieja, a ver las pocas ruinas que dejó el pirata Morgan. Creo que se podía subir a la torre de la antigua catedral, aunque no pensaba hacerlo. En lugar de eso, me quedaría comprando algunas cosas para el bebé y para mí. Me habían gustado mucho unos trajecitos típicos de color amarillo o naranja, con tirantes anchos bordados en rojo y azul, pero no sabía si era niña. Adán me iba a llevar a un mercadillo que estaba bien de precio. Le gustaba hacernos de guía. Cargaba las bolsas. Nos hacía mucho caso..., incluso demasiado. Nos partíamos con él.

Cuando bajé, Marianne estaba desayunando azorada. Se fijó en mi trajecito. Cada día salía con uno más veraniego. Con una mirada tumbó todos mis planes.

—Vas demasiado mona para un viaje —dijo.

—¿Qué viaje? ¿Vamos a volver ya?

—¿Volver? No, no... El horno no está para bollos.

—¿Ha pasado algo? —le pregunté confundida—. ¿Hay novedades?

Tardó en contestar:

—Sí y no son nada buenas. Han registrado la casa grande y se han ido casi todos —vaciló y siguió—. Thomas está detenido.

—Pero, ¿por qué? A Thomas lo soltaran enseguida. Será una equivocación o algo sin importancia. No ha matado a nadie ni ha atracado un banco... No sé por qué la gente tiene que irse, en lugar de esperarlo.

—La gente es miedosa. Quedan algunos. Los que no tienen a dónde ir. Los demás se han marchado..., pero volverán —noté un alarmante deje de duda en su voz—. Estamos solas. Hay que quitarse de en medio.

—Pero aquí estamos seguras ¿no?

—No, de eso nada. La DEA manda aquí. Jorge está haciendo indagaciones. Además, nuestros inversores no son hermanitas de los pobres. Algunos son de gatillo fácil. Como dicen ellos, negocian con la pistola sobre la mesa. No conviene tenerlos de enemigos.

—No hemos hecho nada —insistí.

¿Qué era todo esto que me estaba contando? Además, éramos felices. Hacía mucho que no estaba tan contenta.

—¡Tú no has hecho nada en tu vida! —me miró impaciente—. Perdona. Estoy histérica.

194

—¡No eres una delincuente! Solo eres la apoderada de algunas sociedades *offshore*. No le interesas a la policía.

—A la policía de aquí, no. A la DEA espero que tampoco..., no lo sé. Pero estamos en peligro. Hay que esconderse en algún sitio que ni el gobierno ni los otros controlen.

—¿Existe ese lugar?

—Puede ser.

—¿Y Hofmann qué dice?

Puso cara de empezar a hartarse.

—Jorge me ha dicho que nos vayamos hoy mismo. No quiere vernos cuando vuelva —continuó sin dejarme contestar—. Recoge las cosas. Creo que Ana Matilde estará haciendo tu maleta. No te dejes nada.

Se levantó sin más. Cuando estaba llegando al portón que daba a la casa, se volvió para meterme prisa.

—Acuérdate de que hemos quedado con Adán. Llegará en cuarenta minutos.

Ya en el aeropuerto, Marianne compró los billetes. Nuestro vuelo salía en una hora para El Porvenir, en Guna Yala. Me dijo que estaba en el Caribe, no muy lejos de la selva del Darién. Allí no nos encontrarían, si nos buscaban. A mí no me hacía gracia volar por el ajetreo. A Marianne le aterraba montarse en un armatoste que no se caería de milagro. Pero no teníamos otra opción. El viaje por carretera era infernal. Había que cruzar la selva en cuatro por cuatro, zigzagueando por toda la cordillera. El Porvenir era un islote que tenía una pista corta de tierra en la que apenas podían aterrizar avionetas.

En el mismo aeropuerto había unos *pelaos,* que nos llevaron al embarcadero. Allí, un tipo fornido de edad indefinida, entre los treinta y los sesenta, nos ayudó a subir a su barca, para llevarnos a una isla. Dijo el nombre en lengua guna. Estaba como a dos horas y media. Avisó de que el mar estaba un poco movido. Menos mal que no habíamos comido todavía. Vomité lo poco que tenía en el estómago y luego estuve arrojando bilis el resto del trayecto.

Llegué para una *recogía*. Tenía el estómago en pie y ganas de llorar. Me acosté sin cenar, mientras me preguntaba qué hacía allí. Soñé con Manu en la calle del Pez, que apoyaba su cabeza en mi tripa. Sonaba el «John Wayne Gacy» de Sufjan Stevens.

***

Esa mañana me despertó la luz. Nuestra cabaña era bastante grande. El techo de paja estaba sujeto con unos palos de madera, de modo que, entre las paredes y la cubierta, había una apertura de unos treinta centímetros. Dormíamos juntas en una cama de matrimonio, amplia, con un colchón demasiado blando. En unos días me dolería la espalda. Marianne estaba duchándose. El aseo estaba al fondo de la cabaña, detrás de una pared de unos dos metros de alta, manchada de pintura blanca. No tenía puerta.

Desde la ducha, le grité a Marianne que había gastado toda el agua caliente. Pero no la había agotado. Es que no había. Escondimos los dólares que llevábamos lo mejor que pudimos. La puerta de la cabaña se abría con un soplo y, por supuesto, no tenía cerrojo.

Salimos a desayunar. Delante de nosotros teníamos la playa, que era como de anuncio. El mar turquesa tranquilo, la arena que parecía nieve. El brillo de la espuma del mar hacía daño a los ojos. Tuve que entrar a ponerme las gafas de sol.

Una señora guna, regordeta y fea, nos saludó con un gesto. Vestía una mola tradicional y llevaba un pañuelo rojo muy vistoso en el pelo. Nos sirvió el desayuno. Agua de coco, algo de fruta, un pan de molde tosco con mantequilla y café.

—Aquí están bien. No hay nadie más. Me llamo Marilyn Monroe Gómez —a punto estuve de soltar una carcajada y regarles de café.

—Mi marido pesca la comida —siguió.

Marilyn empleaba una jerga de la que solo alcanzábamos a entender algo. Nos miraba con un orgullo antipático. Hablaba nuestro idioma. Debía pensar que lo hacía bien. Mientras nosotras no éramos capaces de decir ni una palabra en el suyo. Ni siquiera el nombre de la isla en la que estábamos. Nosotras, que necesitábamos huir hasta su tierra, ¿nos creíamos superiores? ¿A quién queríamos engañar?

—¿Y cómo se llama su marido? —pregunté.

—Se llama Franklin Roosevelt, como el actor. Es el dueño de la isla.

—¡Ah!, como el actor —dije, sonriendo para mí.

—Tenemos dos *pelaos*. No salgan desnudas. Se inquietan —Marilyn fue clara. Me pregunté qué harían los *pelaos* si se inquietaban.

—¿Cuántos años tienen?

—Catorce y dieciséis.

—Irán a la escuela...

—El pequeño va cuando no hay trabajo.

—Mi celular no tiene cobertura. ¿Se puede llamar por teléfono? —preguntó Marianne.

—Hay un teléfono en el poblado.

—Muchas gracias. Tendré que ir uno de estos días —dijo Marianne.

—Los *pelaos* pueden llevarlas. Tenemos un generador de electricidad hasta las nueve de la noche —dijo Marilyn.

—Imagino que no tienen wifi —a veces Marianne tenía salidas desconcertantes.

—No sé lo que es —contestó.

—¿Internet?

—De eso, no —concluyó.

Pedí agua. La que me trajeron olía a rayos y tenía un color sospechoso. No volví a pedirla. La cerveza Panamá era lo mejor para la sed.

Marianne y yo nos pusimos el bikini y nos fuimos a pasear. Encontramos palmeras recostadas sobre el mar. Le hice fotos tumbada en ellas. Preferí no hacer equilibrios con mi tripa. La isla no era grande y se podía rodear casi entera caminando por la playa. Nos cruzamos con dos tipos que construían unas cabañas y nos siguieron con la vista. Uno de los *pelaos* se acercó con unas cervezas frías. Nos contó que tenía aletas y gafas de bucear. El paseo en la barca eran diez dólares cada una. Le dijimos que otro día iríamos con él. Luego se alejó, pero estuvo rondando cerca por si necesitábamos algo. Cuando vio a Marianne sacar la crema, se ofreció a ponérsela. Nos miramos divertidas. No hacía falta. Si lo necesitaba, ya se lo diría. A saber dónde quería ponerle la crema. Le preguntamos su nombre. Era el pequeño y se llamaba George Clooney... De haberlo sabido, le hubiera dejado. Éramos las únicas mujeres en toda la isla. La novedad.

Al mediodía, George nos preguntó cuándo queríamos comer. Se fue corriendo a avisar a su madre. Una hora después vino su hermano, Diego Armando. Era el mayor, atractivo y descarado. Me devoraba con los ojos. Esa tarde habló poco. Se pegó a mí para que no tropezara y me estuvo cogiendo del brazo todo el camino de vuelta. Se veía que los *pelaos* nos iban a tener entretenidas.

Al llegar conocimos al miembro de la familia que nos faltaba. Franklin era mucho más alto que su mujer y no mucho más guapo. Tenía pelo encrespado y ojos sagaces. Le pegaba poco a Marilyn. No le dirigió la palabra en ningún momento. Debía hacer su vida fuera de la isla.

***

Los días siguientes Franklin nos llevó a conocer el archipiélago. El Caribe que había visto en las películas. No esperaba algo tan bonito. Pescábamos lo que íbamos a comer y George traía las cervezas y las toallas. El mayor estaba fuera.

Fuimos al poblado y nos presentó al viejo gobernante de la isla principal. Me sorprendió que se comunicara con los pescadores soplando una caracola. Nos habló de la destrucción del arrecife y de las inundaciones. Alguna vez se trasladarían al continente. Había muchos niños, muy lindos, y mujeres embarazadas.

Como nos imaginamos, el tercer nombre de Diego Armando era Maradona. El futbolista visitaba mucho Panamá, porque era amigo de un panameño, campeón mundial de boxeo. Se corrían grandes juergas, según la prensa.

Al cabo de unos días, dejamos de ver a Marilyn. Sus hijos nos sirvieron el desayuno. Nos dijeron que se había ido temprano a la feria del poblado a vender artesanía. Su padre había salido a pescar a primera hora.

Los chicos nos llevaron a hacer *snorkel*. Nos bañamos con camiseta para no quemarnos mucho la espalda. Vimos estrellas de mar, corales y multitud de peces de colores. Al subir a la superficie, los muchachos nos decían los nombres de los peces: el globo, el cirujano, el payaso. Eran graciosos. Creo que no se los inventaban. Encontramos también algunos cangrejos raros.

Tuve miedo al pasar sobre unos corales afilados que sobresalían mucho. Al intentar alejarme, apoyé la rodilla en uno y me picó. Me hizo daño. Diego Armando me cogió en volandas y me sacó del agua. La herida se había puesto bermellón. Me la apretó con los dedos y me succionó el veneno. Para aliviarme el dolor, me indicó que tenía que hacer pis encima de la herida. No entendí qué pretendía que hiciera. O me hice la tonta. Le dije que aguantaría. Era más fácil de hacer para un hombre que para mí. De pronto se bajó el calzón y me hizo pis sobre la pierna. Antes de que pudiera reaccionar, sentí que se me pasaba el escozor. Me avergüenza admitir que no le quité ojo en ningún momento. Era lo más grande que tenía el niño. Estos se desarrollan muy pronto. Cuando terminó, me miró con descaro, como si acabara de realizar una hazaña. El picor desapareció por completo, pero no me atreví a darle las gracias... ¿Cómo das las gracias por que te meen sobre la pierna?

Después de comer, me encontré mucho mejor y las dos nos fuimos a playa. El padre se había llevado a los muchachos. Marianne no dejó de reírse de mí en toda la tarde. Sí, había sido de traca.

A la mañana día siguiente, los muchachos nos llevaron al mercadillo del poblado. Compramos unas blusas y algunos brazaletes. Las mujeres llevaban muchos collares y una especie de *piercing* en la nariz, que les colocaban en la pubertad.

Éramos las únicas extranjeras. Nos miraban con curiosidad, pero sin maldad.

Nos tomamos unas cuantas cervezas tumbadas en la playa. Estábamos contentas. Esta vez nos dieron crema en la espalda. Me puse de lado. La tripa me molestaba un poco. Diego Armando tenía manos fuertes, aunque demasiado largas. Le pedí que se quedara quieto. Me miró como si no me entendiera. No pude evitar fijarme en que estaba excitado. ¿Una embarazada que podía ser su madre, lo ponía así? Estaba bueno para ser casi un niño... pero ¿en qué estaba pensando? Era un adolescente. Además, me daba miedo. Estábamos un poco expuestas.

Le pregunté a qué se dedicaba. Me dijo que a hacer recados, a acompañar a turistas y a lo que le pidieran. Puso cara de vicio.

Esa noche hablamos Marianne y yo, ya acostadas. Tenían una tasa de sida que era el doble que la del resto de Panamá. Por los canales de distribución de la droga estaba muy extendido el consumo. Las mujeres eran las que traían el dinero a casa, sobre todo con el turismo. También con el trabajo doméstico, la artesanía y, si no había otra cosa, la prostitución. Había gente muy joven que caía en eso. Más, cuanto más guapas. La maldición de siempre. Diego Armando seguro que trapicheaba con drogas. «¡Este sabe latín!» dije. «¡Desde luego más que nosotras!» concluyó Marianne. A mí me dieron pena los chicos, convertidos en adultos antes de tiempo.

***

Me desperté sola en el cuarto. Al levantarme, escuché el crujido de unas ramas. Sentí que me espiaban. Miré y no vi nada. Dejé de pensarlo, me metí en la ducha y cerré los ojos. Me relajé bajo el agua.

Al salir, Marianne estaba ya desayunando.

—Hoy te has levantado pronto, ¿no? —le dije.

Me acerqué a ponerme un café.

—Sí, he ido a llamar por teléfono.

—Creo que nos espían en la ducha —seguí diciéndole.

—¡Serán imaginaciones tuyas!

—No me hace gracia.

—Que miren si les gusta… ¡Que les aproveche! —dijo.

Se levantó de la mesa.

—¿Tienes prisa? —le pregunté.

—He hablado con un abogado. Tengo que ir a la ciudad a resolver algunos asuntos que se han complicado.

—¡Te acompaño! ¿Cuándo nos vamos?

—Ni pensarlo.

—No me dejes aquí —supliqué.

—Es peligroso. Todavía más si vamos las dos. Solo estaré dos días fuera. Tres, como mucho.

—Pero la policía, ¿qué tiene contra ti? Y contra mí…, ¿qué va a tener contra mí?

—No seas ingenua. Ya lo sabes. No conoces de lo que son capaces nuestros clientes. Desde que detuvieron a Thomas, hemos dejado de trabajar con ellos. Creerán que Thomas está hablando con la DEA. Y los narcos no se andan con chiquitas. Los narcos… te matan.

Me quedé helada. Protesté ya sin fuerzas.

—No me hace gracia ser la única mujer en toda la isla. Voy a dormir sola en una cabaña sin cerrojo. Juntas estamos protegidas.

— No me lo hagas más difícil Irene. Te vas a quedar. ¿Ya te has olvidado del viaje para acá?

—¡Qué horror! no quiero pensarlo. Fue una odisea.

—Pues aguanta aquí un poco... y no seas floja, —siguió, paseando su mirada por el horizonte— esto es un paraíso. Además, eres la tía con más suerte del mundo: ¡en el Caribe, con George Clooney, Maradona y Roosevelt!

Marianne me miró con una sonrisa triunfal.

—Y, ya sabes, no te puedes quedar embarazada —concluyó.

Luego se puso unas bermudas y recogió algo de ropa que metió en una bolsa. Me dio casi todos los dólares que nos quedaban, cerca de dos mil. Franklin la esperaba en la barca, para dejarla en una pista poco conocida en la costa, que utilizaban ultraligeros y avionetas pequeñas. Estaba como a una hora. A mediodía la iba a recoger el cacharro que llevaba las langostas a los restaurantes de la ciudad. Ese vuelo no dejaba rastro. Nadie iba a saber que volvía. Tampoco si se mataba, porque era poco seguro. Nos dimos un gran abrazo.

—Ten cuidado y vuelve cuanto antes!

—¡Y tú no te tires a toda la isla!

24.
Un callejón sin salida

Wish I knew what you were looking for.
Might have known what you would find [...]
Leads you here despite your destination,
under the milky way tonight

The Church, «Under the Milky Way»

MANUEL

Mi móvil sonó sobre las seis de la mañana del viernes.

—Hola Hugo, ¡qué alegría escucharte! —mentí.

Pensé que era un vampiro, un ser de la noche, hasta que me acordé del uso horario en España.

—¿Qué tal por ahí, Manu?

—Bueno... así, así. No hay novedades por ahora. ¿Tienes alguna noticia?

—Como sabes, sigo hablando con Astrid. Es como su hermana, pero más guapa y, sobre todo, está menos loca —respondió.

—Me alegro por ti. A lo mejor alguien saca algo de esto —dije con acidez—. ¿Y tiene algo que contarnos?

¿Para eso me llama? Me sacaba de quicio. Por mí, como si era un adefesio. Qué se líe con ella si le gusta, pero que no me despierte para decírmelo.

—Han detenido a Thomas. He pensado que querrías saberlo.

—Y ese, ¿quién es?

—Aquí es conocido. Es una especie de curandero *hippie* con algunos fieles y ninguna vergüenza. Astrid me ha dicho que Marianne andaba con él. Está preocupada.

Irene no se iba a dejar liar por un tipo así, aunque sí por Marianne.

—¿Piensas que Irene tiene algo que ver con él?

—No lo sé.

—¿Se sabe por qué lo han detenido?

—No me lo ha sabido decir bien. Por algo gordo de tráfico de drogas o lavado de dinero..., de eso sabes más tú.

—¿Cuánto hace?

—Por lo menos, una semana. Debió ser antes de que te fueras. No me he enterado hasta hoy.

—Bueno. Irene no es una delincuente —de eso estaba seguro—. No sabemos si Marianne estará metida en algo. Quizás haya tenido que escapar.

—Mi hermana habría acompañado a su amiga.

—No es que sea lo más normal..., huir con tu amiga delincuente.

—Pero puede explicar lo que hacen en Panamá —dijo.

—Tienes razón. Gracias, Hugo. Desde luego que nos importa.

Conseguí hablar con el señor Hofmann a medio día. Se sorprendió mucho con mi llamada. Lamentó que siguiera perdiendo el tiempo allí. Entendía que estaba pasando una mala racha, pero no tenía derecho a preguntarle por un tal Thomas detenido en España.

—Con todo respeto —dijo, pero me hablaba sin ninguno—, si yo fuera usted me olvidaría de esa mujer para siempre. Como decimos en Panamá, se está buscando una nariz sin hueco. Colgamos de forma algo abrupta. Esa vía había quedado muerta. La aventura se nos había ido de las manos.

PEPA

Esa noche cenamos en un restaurante libanés con música en vivo. Unas bailarinas me sacaron a la pista, que estaba *abarrotá*. El ritmo es el ritmo en todas partes y allí más. No conocía la comida libanesa y ¿quién se iba a figurar que la probaría en Panamá? El tabulé y el faláfel me encantaron. Hasta una cerveza con una rodaja de naranja. Si esto era la globalización, me gustaba. Mi Manolo es muy *apañao*. Siempre elegía bien. Pensamos en volver el viernes siguiente, como despedida.

Pedimos un taxi y nos levantamos. Nos quedamos en el hall de la entrada de pie. Me miró con intención y me dijo:

—Esto se acaba… ¿Qué hacemos ahora?

—No sé. Tú sabrás —le contesté.

—Tendré que renunciar a saber qué pasó con Irene, a conocer a mi hijo.

—¡Si es tuyo! —le dije, y me miró *empanao*.

Después de un silencio largo, me animé a decir del tirón lo que pensaba.

—No te puedes volver. Irene puede aparecer de repente. Es demasiado pronto para tirar la toalla. Si te marchas antes, no te lo perdonarás en la vida, *Manué*.

Me salió nombrarle así para llamar su atención. Respiré, antes de continuar:

—Aquí la que sobra soy yo.

Puso cara de sorpresa.

—¿Por qué dices eso?

—¿Qué pinto aquí? —le pregunté.

—¿Lo estás pasando mal? ¿No estás a gusto?

—Estoy dándome la gran vida. Pero no me voy a apalancar aquí. Tú has venido a otra cosa —dije.

—Si me quedo... no te vayas —contestó en un susurro.

Se abalanzó a darme un beso. Aunque sabía que podía pasar, no podía ser. Le quité la cara y lo paré en seco. Salimos sin hablar.

—¿En qué estás pensando?

—Bueno, yo creo que te gusto —dijo dubitativo, con media sonrisa de disculpa.

—Si tenemos algo, que no sea por una *tajá*. Estás aquí para enterarte de qué pasa con Irene. O te la sacas de la mollera o te vas con ella. No puedes seguir envenenándote la sangre..., ni tampoco la mía.

—Perdón —murmuró.

—Manolo de mi *arma*, tienes que aclararte. No quiero ser el segundo plato o el aperitivo. Tienes que cerrar una puerta para luego intentar abrir otra. No antes —le dije.

Había llegado nuestro taxi. No cruzamos ni media palabra en el camino de vuelta. Me consolé pensando en que, pasara lo que pasara, no sería la misma que salió de *Cai*. Una nunca vuelve del todo al punto de partida.

En su planta salió del ascensor. Se dio la vuelta y me dijo:

—Por favor, no te vayas.

Fijé mis ojos en los suyos, mientras se cerraban las puertas.

Siempre duermo bien, pero esa noche me costó coger el sueño.

PARTE IV:

ESPERANZA O MUERTE

Mejor será aceptar lo que venga,
es preciso que, a semejanza de un reloj de arena,
se invierta sin cesar de nuevo para que de nuevo
vuelva a correr y vaciarse.

Friedrich Nietzsche, *Así habló Zaratustra*

25.
Noticias y miedo

You lost the key to paradise.
That's the oldest story in the world.

The Plimsouls, «Oldest Story in the World»

MANUEL

Señor Manuel:
Es Adán desde Panamá. Esta tarde he recogido a la señora
Marianne del aeropuerto. La señora Irene se ha quedado en la
playa. No me ha dicho dónde. Un saludo.

Era la tarde del lunes. Hacía tres días de mi beso frustrado.
Como un sobrentendido entre los dos, no volvimos a mencionar aquella noche. Antes de volver a Madrid, se me ocurrió
llevarla a Bocas del Toro. Era además uno de los sitios a los
que Irene podía haber volado desde Albrook. Pero no abri-
gaba la menor esperanza de encontrármela si, como temía,
estaban escondiéndose.
Mi amigo Hernán Cortés nos paseó en su barca. Le habían
puesto ese nombre porque así se llamaban su padre y su abue-

lo. Se sorprendió mucho cuando le dije que Hernán Cortés fue un conquistador español. Me preguntó si el conquistador que llevó su nombre, era tan negro como él. Le dije que tan negro, no. A Hernán, que era un hombretón, le gustó mucho Pepa. No la dejó ni a sol ni sombra. A ella le hizo gracia tanto interés. Fuimos a Cayos Zapatilla. Rodeamos Isla Pájaros. Hicimos cientos de fotos. Aunque al final, tampoco fueron tantas, porque Hernán hacía mal nueve de cada diez. A Pepa le impresionó la gama de colores y matices del mar. Una de esas tardes, en una playa de ranas verdes que brillaban como si fueran diamantes, Pepa y yo nos metimos en el agua. Estábamos solos y saltábamos entre las olas. El mar allí era más abierto y estaba más picado. Pepa me señaló un pez enorme que surgía sobre una ola a pocos metros.

—¡Manolo, mira qué atún más grande!

De pronto, Hernán se puso a gritarnos como loco.

—¿Qué querrá este? —nos preguntamos.

—¡Tiburón, tiburón! —exclamó, apuntando al atún de Pepa.

Corrimos como alma que lleva el diablo. Hernán recogió a Pepa de la arena adonde se había caído de bruces. Pasado el susto, estalló en una risa nerviosa que terminó contagiándonos.

Fuimos a celebrar que estábamos vivos. Cenamos en una mesita apenas alumbrada por unas velas en la azotea del restaurante El Pecado. Lo regentaba un canadiense que se enamoró un verano que fue por allí. La carta diferenciaba los pecados mortales, veniales y faltas. Probamos de todos. Según decía el rótulo de la entrada, «el pecado da sabor». Recuperamos la confianza de siempre.

Estábamos de vuelta en una terraza del casco antiguo cuando recibí el mensaje de Adán en el móvil. Antes de leérselo a Pepa, me aseguré de haberlo entendido. Cuando levanté mi vista del teléfono, me miraba expectante. Dudé si llamar a Hofmann. Claro que no. Me podía haber avisado. A la mañana siguiente me presentaría en Villa Astrid. Era mejor que estuvieran desprevenidos.

Fuimos a la habitación de Pepa. Vestidos tumbados sobre la cama, charlando nos dieron las dos. Imaginamos todas las situaciones en las que Irene podía estar. Luego, empezamos con todas las situaciones en las que no podía. Pepa habló de la cantidad de gemelos que había en su familia. Cuando me soltó que iba a ser padre de dos o tres niños, me fui a dormir a mi cuarto.

***

Me levanté a las siete de la mañana y tomé un café en mi habitación. Pedí un taxi y llegué a la puerta de Villa Astrid a eso de las ocho menos diez.

No sabía si llamar o esperar a que saliera alguien. A las ocho apareció Adán en el todoterreno. Se sorprendió mucho al reconocerme. «¡Carajo!». Me hacía ya en España.

Le pregunté por Marianne y me dijo que no sabía. Lo que no sabía era qué decir. Se puso nervioso. A Hofmann no le iba a gustar, si se enteraba de que me había avisado.

En estas, salió Marianne y saludó a Adán.

La interrumpí y me presenté:

—Hola, Marianne. Soy Manu. Sé que estás con Irene. Tengo que hablar contigo por favor.

Torció el gesto e intentó pasar de largo, pero no estaba dispuesto a dejarla escapar. Llevaba todo el viaje esperando ese momento.

—No sé quién eres. No conozco a ninguna Irene...

—Mira, Marianne, he venido desde España para verla. No quiero molestarte pero tienes problemas con la justicia y soy abogado. Solo necesito que me atiendas unos minutos —le repliqué.

—No tengo problemas... —dijo, pero se paró en seco. Me miró, mientras calculaba si merecía la pena dedicarme un rato o correr el riesgo de no hacerlo. Se volvió hacia la casa y me invitó a entrar.

—Tienes diez minutos. Luego te vas para siempre —dijo.

Nos sentamos en la misma mesa del jardín en la que había estado con Hofmann. Una chica nos sirvió café.

—Soy Manu, el novio de Irene.

—Irene no tiene novio —contestó irritada, sacudiendo la cabeza para reforzar sus palabras.

—Soy el padre de su hijo.

Puso cara de sorpresa. Se preguntaba cuánto sabía.

—Irene es otra persona. Muy distinta de la que conocías. El padre de su hijo es Thomas, la persona con la que es feliz.

Me había asestado un puñetazo en el vientre. Se dio cuenta. Hice de tripas corazón, aunque tardé unos instantes en reponerme.

—¿Sorprendido? Irene está en la costa hasta que él venga a recogernos —siguió.

—Puede que tarde unos años. Está detenido y le puede caer una temporada a la sombra.

Esta vez la había pillado.

—De todas maneras, tú no eres el padre y ella no quiere verte ni en pintura...

—¿Dónde está? —le pregunté.

—En una playa difícil de encontrar. Hay miles. Olvídala de una vez y vuélvete a Madrid.

—¿Le puedes decir que no la he olvidado, que cuente conmigo si me necesita? Pero... dile que soy feliz, si ella lo es.

—Si le hiciera algún bien, se lo diría. Pero no necesita la ayuda de nadie... y, menos, la tuya.

—Si pudieras llamarla y hablar con ella...

—Donde está no hay cobertura. Hemos terminado. Olvídate que me has visto. Podría ser peligroso también para ella —se levantó y la seguí a la salida.

Me despedí hasta nunca de la villa. Me pareció escuchar a lo lejos la voz de Adán. No me volví. Caminaba entre una nube de polvo, en la calle sin aceras. Cuando me pareció que nadie me veía desde la casa, me puse a correr hasta Tumba Muerto. Buen nombre para la avenida que recorría como un zombi. Cogí un taxi en una esquina. Llevaba una música horrible y pitaba a las tías que le gustaban. Si le contestaban, aullaba de contento. Otras se limitaban a seguir caminando, con esa cadencia natural que, quieran o no, siempre va diciendo algo. Me habló de sus éxitos con las «mamis». No le contesté. Al menos fue un trayecto corto.

Intenté ordenar mis pensamientos. Me hubiera gustado hablar con Irene. ¿Y si Marianne me hubiera mentido?

No. Lo que había dicho era lógico. Irene no me quería volver a ver. Tenía una nueva vida. Otro novio, con el que iba a tener un hijo. Conmigo no quiso tenerlo. La noticia me estremecía, aunque también me quitaba un peso de encima. El juego se había acabado.

Era libre. Esa misma libertad me hacía volver abrumado, arrastrando los pies.

Al llegar al hotel, entré en el salón a desayunar, no porque tuviera hambre, sino porque, si subía a la habitación, me encerraría allí hasta que saliéramos para el aeropuerto. Volvíamos dentro de cuatro días. Trataría de descansar, antes de recluirme en el trabajo.

Era el momento de cortar por lo sano. Acababa de perderla. A ella y a su hijo. Hubiera sido un cambio radical en mi vida... un hijo con Irene. Me eternicé en el desayuno. No sabía si contárselo todo a Pepa. Intenté fijarme en la gente de mi alrededor, pero esta vez no estaba de humor para adivinar nada de nadie.

Desde los ventanales de la cafetería vi a Pepa tumbada de espaldas con un bikini amarillo. Eran las 10 de la mañana y hacía un día magnífico. Fui a recogerla. Se volvió y me sonrió seductora. Desfiló con garbo hacia mí y me abrazó. Sentí su pecho clavándose en el mío.

Se empeñó en quitarme la pena y la seguí. Tiró de mí hasta un bar. Me obligó a bailar música *reggae*. Brindamos por Irene, por el hijo, por la hija, por los gemelos o los mellizos, por Adán... y hasta por Eva. Pepa brindó por Hofmann, por Marianne y por Thomas. Nos bebimos casi una botella de ron de Jamaica entre los dos.

En el taxi al hotel, decidimos ir a Contadora al día siguiente. La isla conserva ese nombre porque allí contaban las perlas que enviaban a España. Allí tienen ahora sus mansiones ex presidentes y multimillonarios discretos. Cogeríamos el ferri de las siete de la mañana. Pepa no olvidaría el mar y las playas de coral. Se merecía ese premio final. Por ahí había pasado todo el mundo: Kennedy, John Wayne, Felipe González y hasta el Sha...

—Solo faltamos nosotros —dijo Pepa.

—Tendríamos que haber comprado los boletos del ferri. Además es temporada alta. No sé si habrá dos habitaciones en el hotel —dije. No creía que fuéramos capaces de ir cuando se nos pasara la euforia.

—Siempre podemos pedir una habitación... —me miró a los ojos con picardía— pero no te hagas ilusiones. No tiene que pasar... lo que no tenga que pasar.

Pensé que, de todas maneras, el beso me lo tendría que dar ella.

26.
Sola en la isla

I Close your eyes and think of me
and soon I will be there
to brighten up even your darkest nights.

Carole King, «You´ve got a friend»

IRENE

Esa madrugada se levantó un viento tórrido y pegajoso que estremeció la cabaña con violencia. La puerta se abrió de golpe y el remolino que se formó tiró todo lo que encontró a su paso. Me desperté y corrí para cerrarla, antes de que los portazos la desvencijaran y saliera volando. Por la mañana, el vendaval había cesado, como un mal sueño. Encontré a George, que traía algo de fruta y desayuné con él. Le pregunté por su madre. Seguía fuera. Me dijo que no me preocupara. Él se encargaría de todo. No era mucho lo que hacía la madre, salvo por las pocas brasas de la cocina. Pero no quería ser la única mujer en la isla, con cuatro o cinco hombres merodeando. Tampoco es que Marilyn me fuera a defender. Me miraba con una envidia que no podía disimular. La compadecí. Su vida no debía ser fácil. Pero, mientras estuviera ella, nadie se atrevería a meterse conmigo.

Serían imaginaciones mías, como decía Marianne. Mis miedos duraban hasta que me miraba de perfil en el pequeño espejo del baño... ¿quién iba a atacar a una panzuda como yo? Pasaban las horas. Me puse a escribir a la sombra, tumbada en una hamaca entre dos palmeras. Unos hombres cruzaron por delante de las cabañas. Ninguno me saludó. Parecía como si el mundo entero se hubiera olvidado de mí. Me había vuelto invisible de pronto. Cuando volvió George con algo de pescado, me sentí honrada y reí agradecida. De la sorpresa, echó una carcajada. Los *pelaos* eran mucho más expresivos cuando estaban solos.

Le pregunté al chico si me podía llevar a hablar por teléfono. Me pidió que esperara a que viniera su padre. Estuve leyendo en la playa. Al mediodía, comí una corvina a la plancha. En mi estado no debía beber, aunque... era solo una cerveza para quitarme la sed. Después me adormecí, mirando hipnotizada el mar turquesa, indiferente y sereno. Su calma me contagió. Acompasé mi respiración a la rima parsimoniosa de las olas. Allí parecía abarcable, un poco menos infinito, por raro que suene. Luego escribí otro poco. Llegó la noche y se apagó la luz. Metí los dólares dentro de la funda que cubría el colchón y me dormí pensando: «¿Cuándo vendrás, Marianne?».

Sentí que alguien me zarandeaba. Abrí los ojos y vi a Diego Armando. Me puso una mano en la boca, cuando fui a gritar. Al oído me dijo que no hiciera ruido. Sus ojos negros brillaban. De miedo, no de deseo. En susurros, le entendí que saliera de la cabaña y que le acompañara. Luego escuché voces masculinas fuera. Autoritarias, urgentes. Me tendría que fiar aunque dudara. Era noche cerrada. No vi la luna. Fuera esperaba George. Me hizo un gesto de silencio. Unos hombres acarreaban pesados bultos, que sacaban de unas lanchas. Algunos portaban armas en bandolera. Se distinguía la forma de las culatas. Los cañones reflejaban la pálida luz de la noche. Le seguí por detrás de la cabaña hasta la barca. Esperé escondida, tumbada en la arena. Me palpitaban las sienes. Era por la tensión. Hacía tiempo que no me dolía así. Llegué a dormirme a ratos. George me vino a recoger cuando amaneció. En la cama, palpé el colchón. Los dólares seguían allí.

Me desperté al mediodía. No me decidí a salir hasta que el hambre me empujó a buscar algo de comer. No vi a nadie. Encontré fruta, arroz cocido, pan y queso, que tomé con una cerveza. Salí a caminar por la isla. No quedaba ni un alma, ni siquiera había huellas en la playa. Solo las de algunas gaviotas que se acercaron desafiantes a la orilla para disputarme algo del pan con queso. Me imaginé observada por unos ojos escondidos entre los arbustos. Agitada, me revolvía esperando el asalto, cada vez que escuchaba un ruido. Aunque el silencio era igual de aterrador. Hacía un calor sofocante pero no quise bañarme. ¿Y si volvían los de la noche anterior? Traté de leer, sin concentrarme. Temía tener que salir corriendo, aunque no sabía adónde.

Nada me podría salvar. Estaba perdida, pero no podía venirme abajo. Cerré los párpados, sin fuerzas para luchar. Noté el resplandor del sol sobre mis pupilas y me cubrí. Me abandoné sobre la arena cálida. La luz resplandeciente de la tarde y el sonido rítmico del mar me elevaron a una bendita inconsciencia. Templaba mi cuerpo y calmaba mi alma. Al rato fui a bañarme y luego tomé otra cerveza. O fueron dos. Pensé en mi bebé. Estaba en manos de Dios, si es que recordaba todavía este trozo de su creación. Más allá, estaba sola. Más sola que la una.

***

Me levanté muy pronto aquella mañana. Los dos chicos estaban desayunando, sin la menor sensación de peligro. Tomé un café bebido con ellos y le pregunté a Diego Armando si podíamos ir a llamar por teléfono. La llamada valía treinta dólares. Es posible que se inventara el precio, pero iba a pagar lo que me pidiera. Me llevó en la barca al poblado de la isla grande. Tardamos unos veinte minutos. Al llegar, esperé fuera de una cabaña en la que un cartel de plástico colgado de dos alambres ponía «Phone». Entramos y me dejaron el teléfono. Diego se sentó no muy lejos. Supuse que prefería que no mencionara a los extraños visitantes nocturnos. No lo hice.

Me hizo ilusión escuchar la voz de Ana Matilde al otro lado de la línea. Marianne estaba durmiendo, ¿sabía que no eran ni las siete y media de la mañana? Sí, la llamaba a esa hora para asegurarme de que estuviera. Me dijo que esperara. La despertó. Enseguida se puso Marianne.

—¡Irene! ¿Ahora madrugas?

—Siempre sales tan pronto…, quería pillarte en casa, porque no sé nada de ti.

—Tienes razón. Tengo cosas que decirte.

—¿Cuándo vuelves?

—No lo sé. No te lo conté todo, para no preocuparte. Hace unos días mataron a tu tutor. Lo tiraron desde lo alto de un hotel.

—¿Cómo? ¿Qué dices? —dije estupefacta—. ¡Qué horror!

Aunque no lo tragara, me había quedado sin palabras.

—¡Ya te dije que era muy peligroso!

Nos callamos, como si rezáramos por su alma.

—Descanse en paz —balbuceé.

—Ya ves... ¿Cómo estás?

—No muy bien. Necesito que vuelvas —dije y miró a Diego Armando, que parecia despistado—. Ven ya.

—No es tan fácil.

De pronto, como si recordara algo, dijo:

—Me han preguntado por ti.

—Ah, ¿sí? ¿Quién?

—Uno de Madrid —contestó, sin darle importancia.

Me dio un vuelco el corazón. Le pregunté con un hilo de voz:

—¿Manu? ¿Está aquí?

—Creo que ya se volvía...

—¿Le has dicho dónde estoy?

—Sí, en la playa, embarazada de Thomas.

—¿Cómo le has dicho eso?

—Es la verdad.

—Ya. Pero me da pena que se entere así. ¿Ha venido por trabajo? ¿Cómo te ha encontrado?

—No lo sé. No le habrás llamado tú... —endureció algo el tono de voz.

—De ninguna manera. ¿Qué hace por aquí?

—Ni idea. Pero no sé cómo se ha enterado de que estás embarazada, si no se lo has dicho tú. ¡Me dijo que era el padre! —sonó enojada.

—Pobre. Estará hecho polvo... —dije para mí.

Ninguna de las dos quería discutir.

—Bueno, ya es historia. No puedo volver por ahora. Es muy arriesgado. Ahí estás bien. Tengo el número de teléfono del poblado, si necesito llamarte. ¡Cuídate!

Era increíble. ¿Manu había venido a buscarme? No me lo hubiera imaginado nunca. No tenía tiempo para mí y mira ahora. ¿Cómo se había enterado? Hugo tuvo que recibir el mensaje de la guardia del aeropuerto. Se lo debió pasar a Manu, con el que nunca se había llevado muy bien.

Hacía cinco meses que habíamos cortado. No le di ninguna esperanza... aunque era raro oír que Manu era historia.

Me di cuenta de que lo echaba de menos. Incluso más que a Thomas, el padre de mi hijo. ¿Hubiera preferido que Manu fuera el padre? ¡Qué tontería! Me avergoncé de pensarlo.

Pobre Thomas, detenido. Si habían matado a mi tutor, su vida corría peligro. ¿Iba a ser viuda antes de casarme? No quise pensar más. Me sumergí en el agua y nadé un buen rato.

Entré extenuada en la cabaña. George me había dejado un poco de pan con queso y leche. Era luna nueva. Me repetía, una y otra vez, la conversación con Marianne. No tenía que haberle dicho que mi hijo era de Thomas. Pero tenía que saber que el niño no era suyo.

También estaba lo de mi tutor espachurrado en el suelo.

Llegué a la cama a tientas. Me tumbé encima boca arriba. La oscuridad era completa y daba igual abrir o cerrar los ojos. Di varias vueltas sobre ella. El dolor de cabeza iba y venía intermitente. Me quité el camisón empapado en sudor. Alterada, me asomé a la puerta. Dudé si meterme en el mar, pero no me atreví. Había visto demasiadas veces *Tiburón*. Corría un vientecillo agradable. Me senté tal como estaba en una silla con las piernas estiradas, delante de mi cabaña. George estaría durmiendo. No me gustaría que me pillara en bragas. ¿Y los demás? Prefería no saberlo.

Volví a la cama. Tuve un sueño muy raro. Estaba en un concierto de Manu, *sold out*, con mucho público. Me empujaban. Vi a Hugo delante de mí, a unos metros de distancia entre la gente. Lo llamé pero no me podía oír. Cuando estaba a punto de llegar al escenario, me miró Manu y sentí que me apuñalaban… ¿Qué había sido eso?

Desperté con un pinchazo. Como si me hubieran clavado un estilete. Me dolía entre la axila y el pecho. Algo revoloteaba en la cabaña como loco. Se daba golpes con el techo y las paredes, como si no consiguiera salir… Fui al baño, abrí la ducha y trate de limpiarme. No tenía ni una vela para verme. Me lavé como pude. Picaba mucho.

Por la mañana me pareció sentir movimiento en la habitación. Estaría enredando algún *pelao*. Ya me conformaba con no cogerlos mirándome. Tenía razón Marianne. Me intenté incorporar. Sentí una punzada. En el espejo, me vi dos marcas enrojecidas, hinchadas con señales de mordedura, como si me hubieran chupado la sangre. Me puse el bikini y salí afuera. No encontré a nadie. La cabaña de la familia estaba cerrada. No había nada para curarme, así que me conformé con bañarme en el mar. El agua salada debía ser buena para la herida.

Al medio día llegaron Franklin y los chicos. Se disculparon por dejarme sola. Marilyn seguía en un mandado que le habían hecho. Volvería pronto. Me miraron la herida. No era nada.

Me quedé en la playa. Diego Armando llegó con ganas de contarme algo. Estaba en deuda con él. Era un pedazo de bruto, aunque, a su modo, tratara de ser delicado. El chico me daba morbo.

Le pregunté por los visitantes nocturnos. Me habló de maleantes y mochileros que transportaba *pakas* de droga. Cruzaban la selva del Dairien. Los bandidos no conocen las fronteras. A veces venían antiguos guerrilleros, como los de la otra noche. Tomaban lo que les provocaba. Se cogían a las que querían. Hacía unos años, unos *hijueputas* se metieron en una fiesta de quinceañeras, en un poblado cercano. Tenían su propia forma de festejar. Algunos se les enfrentaron. Hubo un muerto.

No había noticias de Marianne. Cuando me eché sobre la cama, sentí un dolor agudo. Diego Armando se acercó a la puerta, por si necesitaba algo. Le pedí que se fuera. Zanganeó un poco antes de hacerlo. Me costó dormirme. Bebí algo de agua del grifo. Sabía mal pero, por la noche, no se veía el color. Estaba descompuesta. Debía tener fiebre. Vomité en la cama.

Al alba, me despertaron unos gritos de fuera. Un foco entró en la cabaña y me deslumbró. Vi una escopeta que me encañonaba. Entró Diego Armando que se puso a gritar en un idioma ininteligible. El hombre del arma se volvió y, como toda respuesta, le dio un culatazo en la cara. El chico cayó al suelo. Me puse de pie y corrí al fondo. No había donde esconderse. Escuche sus pasos tras de mí. Me levantó el camisón con el cañón. Me puso la mano en la tripa y la debió notar hirviendo. Soltó una risotada, escupió en el suelo y se fue. Me quedé paralizada, temblando. Me hice pis. Sudaba del miedo, la fiebre y el calor. Me metí en la ducha tal como estaba. Pasé un buen rato debajo del agua, como para limpiarme el susto y la manaza. No se escuchaba ningún ruido y me asomé a la puerta. No había una sola nube en el horizonte. La claridad del mar anunciaba que el sol estaba a punto de salir. No me tranquilizaba. Me quité el camisón empapado, me puse una camiseta y me eché en la cama. No quería dormirme, pero o me dio un ataque o perdí el conocimiento...

Me desperté con mucha sed. Recordé el sueño tan extraño que había tenido. Toqué la camiseta que tenía puesta. No, no había sido un sueño.

Estaba deshidratada. George me trajo una cerveza. ¿Era lo único que tenían para la fiebre?

Marilyn había llegado muy temprano. Escuchó mis quejas y entré a verme. Me hizo una infusión que me sentó bien. Le pregunté qué día era. Era viernes. Iba a hacer una semana desde que Marianne se marchó. Me propuso que avisara a algún conocido. En cuanto estuve algo más repuesta, los *pelaos* me llevaron al poblado.

Ana Matilde pareció sorprenderse al escucharme. Dudó cuando le pregunté por Marianne. La había ayudado a empacar. Esa noche ya no había dormido allí.

Me quedé helada. Solo me quedaba ella y ¿se había ido? No podía creer que Marianne se hubiera vuelto a España.

Pero, ¿qué había ocurrido? ¿Se había ido de un día para otro? Habíamos hablado el martes. Marianne no me abandonaría sin avisar. ¿Estaría detenida? ¿Le habría pasado algo? Se me puso la carne de gallina al recordar a mi tutor.

Llamé varias veces al móvil de Marianne, pero sin éxito. Le pedí a George la guía de teléfonos. Me trajo un cuadernillo. Hablé con el consulado español en Panamá. Necesitaba que alguien me ayudara. Me recomendaron que fuera a la ciudad. Era preferible que me atendieran allí, si no mejoraba.

Volví a mi cabaña y me acosté. Me despertaron al mediodía, con la comida. Tomé un caldo, pero apenas pude probar nada más. Por la tarde, Franklin trajo a uno de los señores del poblado. La fiebre no cedía. Dijo que me tenía que ir cuanto antes. Era lo mejor. Había un pequeño ambulatorio en tierra firme.

Le pagué a Marilyn lo que me pidió. Vi a Diego Armando con un chichón en el pómulo. Le sonreí con agradecimiento y retiró la mirada. Seguro que prefería que sus padres no supieran la causa del golpe.

Me acerqué a los muchachos que me miraban intranquilos con sus ojos negros muy abiertos, sin atreverse a hablar. Estaban viviendo una situación insólita y no sabían dónde meterse. Al final, eran unos críos. Le di cincuenta dólares a George y cien a Diego Armando. Lo hice a escondidas, para que no se los quitaran.

Los abracé todo lo fuerte que pude. Me sorprendió notar la excitación de Diego Armando. Les di dos besos en la mejilla a los que respondieron con algo parecido a un lametón. Tendrían algo que contar que no fuera mentira. Habían sido mi única compañía en todo este tiempo. ¿Quién me lo iba a decir? Dos adolescentes guna.

Me acompañaron a la barca con una solemnidad inesperada. El padre me ayudó a subir. Pensé que los echaría de menos. Me apoyé en los codos y dejé puesta la vista en la isla, que se alejaba como en un *travelling* imaginario. Me despedí de mi primer viaje al Caribe. Había tenido todo lo que se podía pedir... y mucho más, hasta piratas.

27.
Noticias

MANUEL

La mañana del miércoles, no llegamos al transbordador de Contadora. De sobra lo sabía la noche anterior al subir a mi habitación. A eso de las nueve sonó el móvil. Me convocaban el viernes en una oficina de Panamá.

Pepa bajó tarde a desayunar, somnolienta y resacosa. Nos pasamos la mayor parte del día en la piscina del hotel.

Fuimos a Contadora al día siguiente. Paseamos por Playa Larga, mientras el sol nos cegaba al reflejarse en el coral. En Playa Cacique nos bañamos un buen rato y comimos en la terraza de un hotel. Nos tumbamos al sol y soñamos en otra vida o en otro planeta. Al final, tuvimos que correr para coger el ferri. Nos dio coraje tener que irnos. Se nos quedó un poco corto. Pepa puso cara de interesante, cuando me dijo que volvería.

***

La reunión de trabajo había ido bien. Iba a pasar largas temporadas en Panamá, por la ampliación del canal. Para mí, más que un problema, era una liberación.

Cuando llegué al hotel, tenía un sobre en recepción. ¿Más papeles de la oficina? «Pues, empezamos pronto», pensé, «¡Qué *pesaos* estos del curro!».

Lo abrí. Hice una llamada que nadie atendió. Fui a buscar a Pepa. Tenía que verla cuanto antes.

Llamé a la puerta de Pepa, que me contestó:

—Espera. No te puedo abrir. ¿Tan *viajao* y no sabes que se puede llamar por teléfono de una habitación a otra?

Me abrió la puerta sujetándose la blusa con la otra mano.

—Venga, mujer. Tengo noticias.

Le enseñé el sobre y me dejó entrar. Me sentó en una butaca frente al ventanal, mientras se ponía una falda.

—¿Qué tal el trabajo? —me preguntó.

—Empiezo en quince días. Voy a estar con un pie aquí y otro en Madrid.

Me dio un abrazo por detrás y me besó la coronilla.

—¡Enhorabuena! ¡Lo que tú querías!

—Es verdad —lo dije en un tono tan apagado que Pepa se me puso en frente para observarme inquisitiva.

—Me han dejado este sobre en recepción —le dije.

—¿De quién?

—Es un mensaje del consulado. Irene les ha llamado. Está enferma. Me necesita.

—¿Qué vas a hacer? —me preguntó—. Nos vamos mañana...

Era el cuento de nunca acabar. Irene, como el perro del hortelano, no iba a desaparecer jamás de su vida. Aunque debía estar pasándolo mal porque ¿quién llama al consulado si no está en una emergencia? Manolo me enseñó el mensaje. Irene había llamado desde un teléfono fijo. Marianne había dicho que donde estaba no funcionaban los móviles.

—No puedo irme sin hablar con ella... —dijo.

Lo esperé en la piscina. Me entretuve viendo los preparativos de un evento que celebraban en el hotel ese fin de semana. Parecía la exhibición de una escuela de modelaje. Al fondo estaban montando una especie de pasarela.

Siempre me había gustado Manolo. Al principio era el amigo joven de mi padre. Muy joven, sí... pero su íntimo amigo, y eso echaba para atrás a cualquiera. Casi me dio un escalofrío al comprender que estaba loquita por él.

A mí, Irene me tenía negra. Y a Manolo, en un sinvivir. Embarazada de otro, no quería ni verlo y, cuando estaba mala, ¿tenía él que ir a curarla? Ya era hora de que se quitara de en medio.

Manolo tardó en venir. Había llamado por teléfono pero no lo cogían. Se fue al gimnasio. Comimos en la piscina. A última hora de la tarde, volvió con noticias. Había hablado con un señor. El teléfono era de una isla guna. Irene tenía mucha fiebre y la iban a llevar a un centro de salud en la costa. No había nadie con ella.

—¿Y el niño?

—No le he preguntado...

—¡Cómo sois los tíos! —titubeé por un momento—. Bueno, ¿hacemos las maletas?

—Tú haz la tuya... He cambiado mi vuelo.

—¿Y qué quieres hacer? —me entraron las siete cosas.

—Voy a traérmela… Necesita ayuda.

—¿La sigues queriendo?

Sentí haberle hecho esta pregunta. ¿Era demasiado pronto para planteársela? No, más bien ya era muy tarde. ¿Qué iba a pasar si se encontraban? ¿Me iban a despedir con un «muchas gracias, ya puedes irte»? Y a mí, que me parta un rayo. ¿Me harían la madrina del bautizo? No, no. Lo corté justo cuando iba a contestar.

—Perdón, ¡espera un momento!

Me metí en el servicio. Bebí agua. Tenía que mantenerme fría. No me iba a gustar la contestación de Manolo. Había venido a buscar a Irene. Parecía imposible que la fuera a encontrar y...

Cuando salí, vi la duda en sus ojos.

—Claro que la quiero. Aunque ahora no sé cuánto…, querer no es como el que tiene algo… las cosas cambian. Han cambiado —me dijo.

—Y yo, ¿qué hago? ¿Me voy? ¿Prefieres ir solo?

—Prefiero que no te vayas. Si tú quieres.

—Acabas de decirlo. Querer no es como el que tiene algo.

—Ya que hemos llegado hasta aquí, —mudó el gesto con seguridad— quiero que me acompañes.

Cambiamos también mi vuelo. Lo retrasamos una semana. Le envié un mensaje a mi madre. Me contestó que nos lo pasáramos bien. Si ella supiera… Le dije que seguíamos en habitaciones separadas. Me contestó que no lo atosigara, pero ¿quién pensaba mi madre que era yo? ¿Mata Hari?

Manolo tardó mucho más en escribir su mensaje al despacho. Como me explicó luego, había que despedirse bien de todo el mundo.

Irene no debía saber que yo estaba en Panamá, ni se lo esperaba. Marianne no se lo habría dicho. ¿Cómo reaccionaría cuando me viera? Aclararíamos las cosas. Le preguntaría por el embarazo. ¿Y si me decía que el niño era mío? La querría creer... ¿Qué pensaría si me veía llegar con Pepa? Se lo explicaría y, si no, que se imaginara lo que quisiera.

Le ayudaría a ponerse bien. Estaba enferma y sola. Pero a lo mejor era feliz. Una enferma feliz... Me parecía raro. Había llamado a la embajada, ¿solo llaman los infelices a las embajadas? ¿Como si fuera el teléfono de la esperanza? Y, a todo esto, su amiga del alma, la dichosa Marianne, ¿dónde estaba? ¡Valiente amiga! Aunque era mejor para mí. Así podría verla.

Desde luego, nunca volveríamos a la calle del Pez, con tantos recuerdos a cuestas. Su valor sentimental ya no era más que un lastre. Nada me ataba allí. Tampoco a ningún sitio. Sentí vértigo.

De repente, me quedé tranquilo. Lo que fuera a pasar, estaba a punto de ocurrir. Ya estaba mejor. Estaba vivo. Mis demonios se habían quedado en Madrid. Algo de eso era por Pepa. No podía quedarme solo otra vez. No quería que se fuera.

Planeamos el viaje durante el resto de la tarde. Hablamos con Adán, que nos recomendó a un primo suyo de confianza para llevarnos. Había que cruzar la cordillera y la selva, hasta Guna Yala. Luego dependía de adonde fuéramos. Era una gran extensión. Cuando le dijimos el destino, dudó. La carretera general no iba a llegar hasta el centro de salud. Al final, descartamos ir en cuatro por cuatro. Lo mejor era volar hasta El Porvenir y realizar el resto de la travesía en barca.

Adán nos dijo que le avisáramos para recogernos a la vuelta. Se lo agradecí, aunque no había prisa. No sabíamos cuándo volveríamos.

28.
En el ambulatorio

> *Your mother's dead.*
> *She said, «Don't be afraid.»*
> *You're on your own.*
>
> Alex Chilton, «Holocaust», Big Star

IRENE

El trayecto duró una eternidad. Me tumbé boca arriba. Las nubes mezclaban, en la luz del atardecer, todos los colores imaginables. Pintaban el mejor cielo de mi vida. Era el premio de consolación. Nunca volveré.

Cerré los ojos y por un instante contemplé la primera hoja del tema uno de la oposición. Y yo que me quejaba de aburrimiento. En estas semanas había tenido diversión para unos cuantos años. Todavía podía ser amante de un narco. Con todo mi dolor, me reí yo sola...

Llegamos de noche cerrada al embarcadero, detrás del que se distinguía un poblado de apariencia espectral. El de cualquier cuento, de terror más que de hadas. Apenas se veía más allá de la tupida fila de palmeras que enmarcaba un estrecho camino de tierra.

En el centro de salud, me atendió doña Chela, con una bata blanca y un pañuelo guna. Tenía la cara inexpresiva de quien ya lo ha visto todo. Después de examinarme, me dio un antibiótico. No la entendí cuando me habló. Más despacio, dijo que debía ir al hospital. Me acostaron en un catre, poco más que una camilla, bajo un chamizo, delante de la puerta, con unas sábanas húmedas de un color grisáceo que recordaba a su blanco original. Temblaba y me castañeaban los dientes. Echada de frente, sin moverme, me fijé en las manchas de humedad de la pared. Al principio pensé que eran caras de la gente. Antiguos enfermos que habían plasmado sus rostros al morir. Eran como sus almas. En mi delirio, se fueron convirtiendo en demonios. Una era realmente un demonio pequeño. Tenía rabo.

Me dolía. Empecé a quejarme, sin que nadie viniera. Por las puertas entreabiertas del local escuchaba los suspiros de un paciente. Había perdido la noción del tiempo ¿Cuánto llevaba en este camastro? Unos faros cruzaron el camino. Daba la sensación de que aceleraban al acercarse. Como si quisieran pasar de largo sin ver nuestro pobre sanatorio. Más rápido de lo aconsejable, sobre la tierra arcillosa de la vereda hendida en el bosque.

El pueblo estaba a oscuras, salvo la bombilla de una farola que titilaba a lo lejos. En medio de la fiebre, pensé en mi madre. No vendría aunque la llamara. Nunca estuvo. Seguiría buscando la vida que mi padre, el muy cabrón, o yo le habíamos robado. No Hugo, el mayor, su niño mimado, su preferido. De chica lo envidié, aunque ¿qué culpa tenía de la neurosis de mamá?

Piedad podría haber sido una buena madre. Estaría cenando su caldito de verduras con Pedro. Esa pareja que hubiéramos podido ser Manu y yo. Tranquilos, sencillos y felices. Nada del otro mundo. Ella fue lo más parecido que he tenido a un hada madrina. Cuando salga de esta, solo buscaré hadas. Mágicas, resplandecientes. ¿Y si existieran de verdad? Que fueran como el ángel de la guarda que le encontraba cosas a mi abuela, aunque en amiga... como Marianne, pero sin marcharse. Me tendría que explicar bien qué le había pasado.

A partir de ahora, cuando volviera, sería un hada. Manu decía que yo era la suya. ¿Se habría vuelto ya a Madrid? Con lo que le dijo Marianne, me odiaría.

Piedad solo me duró una tarde. Tampoco se acordará de mí. Me quemaban las entrañas. Sentí que las lágrimas resbalaban por mi cara. Lloré sin ruido. Por mucho que gritara, nadie me escucharía. Segura de que nadie me iba a consolar, me rompí en dos.

29.
¿Qué hacemos ahora?

Love is the answer,
at least for most of the questions in my heart.
I'll tell you one thing,
it's always better when we're together.

Jack Johnson, «Better Together»

MANUEL

El sábado desayunamos solos en la cafetería del hotel. Había pasado mala noche. Tampoco Pepa tenía cara de haber dormido. No abrió los labios. Charlé con la cocinera chiricana que me preparaba una *omelette* de chile, jamón y queso. Adán nos dejó en el aeropuerto de Albrook, sobre las siete y media de la mañana. Una avioneta bimotor salía a las ocho. Pepa se durmió nada más despegar. Llegamos antes de las nueve a El Porvenir. Buscamos quien nos trasladara al centro de salud, en la costa. Todas las barcas iban a las islas. Tardamos en encontrar a Alfred con el que, después de regatear el precio, nos pusimos de acuerdo. La travesía duraba unas dos horas, si no había contratiempos. El mar se había picado.

En el trayecto, me puse a hablar de las playas de San Blas y de los guna. De cómo los indios habían ido ocupando terreno, aunque, al final, el mar ganaría la batalla y cubriría las islas.

Pepa se volvió a mirarme con gesto cansado y me cortó:

—Manolo, déjalo ya, ¡no vamos de vacaciones!

Tenía razón. Hablaba por hablar, aunque fuera para no pensar. Más que distraerla, necesitaba calmarme yo.

Al rato, fue Pepa la que se puso a decir nimiedades para rebajar su ansiedad. Me limité a sonreírle cada poco. Más relajada, me dijo que quitara esa cara de tonto.

Las olas zarandeaban la barca y nos callamos. Alfred anunció que estábamos a punto de arribar. Se acercaba el desenlace. Llegamos al mediodía, aturdidos por el fulgor del sol, el mar, la sal y el zumbido del motor, sudados y calados hasta los huesos.

El pueblucho no era más que un embarcadero de madera que se adentraba unos metros en el mar, sobre unos viejos postes, cuatro o cinco casas desperdigadas frente a la playa, una cantina y el local que servía de dispensario. Detrás, una zona despejada de tierra servía de pequeña pista de aterrizaje. Al bajar, Pepa hizo ademán de quedarse atrás, pero la llamé.

—Iba a preguntar si había algún sitio donde alojarnos —dijo.

—Acompáñame a buscarla. Luego habrá tiempo para organizarnos —le insistí.

Cada uno llevaba una bolsa con poco más que una muda, un bañador y algo de aseo. Íbamos sin equipaje ni más intención que la de encontrar a Irene. Dejamos a Alfred tomando una cerveza con unos compadres.

El corazón se me salía del pecho, mientras caminaba los veinte o treinta pasos que había hasta el centro de salud. No sabíamos si seguía allí, ni cuál sería su reacción. Podía echarme sin más. Pepa me seguía. La miré y me animó con un gesto. Dos o tres mujeres guna esperaban con sus niños pequeños, sentadas en sus sillas. Nos dejaron pasar a la zona contigua al ambulatorio bajo un techo de paja. Allí, echada de lado, demacrada, temblorosa y medio tapada por una sábana desteñida por los lavados, estaba Irene. Mi Irene.

IRENE

Apenas puedo escribir, aunque debería hacer un último esfuerzo. Mi relato valdría muy poco si lo dejara ahora.

Ayer por la mañana no vino nadie a ver cómo estaba. A mediodía, escuché unos pasos detrás y sentí una mano en el hombro, mientras me parecía percibir un olor conocido. Me volví aturdida. Parpadeé. No daba crédito a mis ojos. ¿Estaría soñando otra vez?

—¿Eres tú? ¿Qué haces aquí? —susurré con voz temblorosa—. ¡Manu!

Conmovida por el asombro saqué fuerzas para incorporarme. Puse mi mano en su brazo, que rodeaba mi espalda. Me contempló en silencio. Luego echó una de esas sonrisas tan suyas, que a él le iluminaban la cara y a mí los días.

—No te voy a decir que me pillaba de camino... —era una de nuestras viejas bromas—. Irene, ¿tú cómo estás?

—He estado mejor.

Tiritaba de fiebre. Me tocó la frente y dijo:

—Estás muy caliente.

Luego, me preguntó dubitativo:

—¿De cuánto estás?

—De siete meses y pico —contesté.

Se calló incómodo. Cavilaba que el niño no podía ser suyo.

—¿Hablaste con Marianne? —le pregunté.

—Sí, ¿está aquí?

Miró alrededor, como si fuera a aparecer de repente.

—Se ha ido —le dije.

—¿Y te ha dejado así? —preguntó.

—Enfermé después. No sabe nada.

—Ya —dijo poco convencido—. ¿Y el otro que venía?

—El otro... tampoco está. Murió.

—Lo siento —contestó mecánicamente.

—Lo tiraron desde la habitación de un hotel —le dije.

Manu hizo un gesto de asentimiento, como si encajara alguna pieza.

—Lo menos, desde la planta veinte —dijo.

—Por lo menos —asentí sorprendida.

Se sentó en la cama y me cogió en su regazo. Apoyé exhausta la cabeza en su pecho. Tenía la camiseta mojada, pero casi lo agradecí. Me fijé en su rostro. Se había dejado una barba corta que le favorecía. Estaba moreno. Imaginaba que no sentiría nada si lo veía, pero me equivocaba del todo.

—Estás muy guapo.

—Y tú...

—Eres idiota. ¿Me has visto bien? —le contesté.

Quise sonreírle. Cerré los ojos y nos quedamos callados un rato. Al abrirlos, me encontré con los suyos fijos en mí. Lo miré embobada. Era como si, al reconocernos, quisiéramos rescatar lo que tuvimos.

De pronto, Manu cambió su expresión.

—Marianne me contó algunas cosas...

—La comunidad es mi familia... Tuve una relación...

—¿Y ahora? —Manu quería saber lo que tampoco sabía yo.

—Están todos en la cárcel o huidos... —tomé impulso para decir de carrerilla—. ¿Ahora? Estoy en territorio guna, embarazada con fiebre... y abrazada a mi novio de toda la vida. ¿Te parece poco?

—Y esa relación ¿sigue? —insistió Manu.

Lo conocía bien. A Manu le estaba costando un triunfo mantener ese tono sosegado. Le iba a doler el estómago después.

—No sé, no era una relación de verdad. No, como nosotros. Ritos, discursos...

—Bueno, no solo eso... y algunos polvos —dijo mirando mi tripa.

—Pocos. Para lo que éramos nosotros, muy pocos.

—Pero más que suficientes, ¿no? El niño salió de uno de esos pocos —dijo.

—Si fuera por estadística, el padre serías tú —él no hizo amago de reírse—. Era otra cosa. Prometo contártelo, pero no hoy. Ahora me conformo con que no me odies.

Me quedé dormida. Cuando desperté no estaba. Me sentí algo mejor ¿Era por la impresión de tenerlo aquí?

MANUEL

La contemplé en silencio. Volví a posar su cabeza en la almohada y me eché como pude a su lado, sin apartar la mirada de sus ojos, febriles y abatidos. Los entreabrió al sentir mi aliento. Los cerró y los volvió a abrir, como en los viejos tiempos. Se despejaron todas las nubes de sus ojos. Me sonrió dolorosamente. Se le formó una lágrima. Besé sus párpados.

Le cogí la mano izquierda. Se me encogió el corazón al notar que llevaba el anillo de lapislázuli que le regalé al año de estar juntos. Recordé cuando la cuidaba. Todo eso quedaba ya tan lejos...

Se nos había pasado la vida sin sentirla.

Me quedé fuera. No quería estar en medio cuando se encontraran. Si lo suyo estaba roto, mejor que yo no tuviera nada que ver. Y si querían volver, nada hacía allí.

Desde la puerta, la vi tumbada de lado en la cama. El pelo enmarañado le ocultaba parte del rostro. Estaba morena. Me hubiera gustado aborrecerla, pero me dio lástima. Aunque se le notaba el embarazo, no estaba muy gorda. Siempre fue un bellezón y lo seguía siendo contra viento y marea.

Vi como la cogía por los hombros. No se besaron. Se miraban sin pestañear, como si se hablaran con los ojos. No quise ver más. En el bar que había frente al ambulatorio, pedí una cerveza fría. Tenía un tejado de madera y paja, una larga mesa y un banco corrido. Mire mi móvil sin cobertura. Me llegó el olor de los patacones en el fogón. Pregunté qué tenían de comer. Me dijeron que sopa de pescado con coco. Eso comeríamos.

Salió Manu descompuesto y me vio sentada allí.

—Hay patacones. Creo que también tienen frijoles y yuca. ¿Te pido algo? —le dije.

—Sí, gracias… Está mal —me respondió la pregunta que no le había hecho—. Hay que llevársela de aquí.

—Ya. Pero, ¿está para un viaje como el que hemos hecho? —lo veía imposible.

—Ahora no. La tendríamos que llevar en avioneta.

Preguntamos en la cantina. El aeroplano de las langostas había pasado ya. Volvería a la mañana siguiente.

Mientras hablada el mesero, una avioneta antediluviana aterrizó en la pista, haciendo un ruido estrepitoso y levantando una polvareda. Cuando se desvaneció, nos levantamos con intención de aproximarnos. El cantinero nos advirtió:

—Mucho ojo con estos paisas. No se acerquen. Traen y llevan, pero no preguntamos.

Los pilotos se encararon con unos pocos indios que, con sus gallinas y sus bultos, pretendían subir. A gritos y empellones se los quitaron de encima. En unos minutos cargaron algo y despegaron.

Nos trajeron la sopa, que llamaban tulemasi. Estaba buena. Pedimos más cerveza. Atrás quedaba libre una pequeña barraca. Tenía una cama de matrimonio, bajo una mosquitera rudimentaria. Delante había una hamaca colgada de unas palmeras. No había otra cosa.

Acompañé a Manolo a ver a la doctora. Se presentó como el novio de Irene. Eso ya lo veríamos. Doña Chela nos dijo que no respondía al tratamiento. No mejoraba y le preocupaba el sufrimiento fetal. Había algo implacable en su tono seco. Cuando fuimos a verla, seguía durmiendo. Salimos alarmados y comenzamos a pasear sin rumbo, descalzos por la playa. Se había levantado algo de viento. Los colores del cielo eran arrebatadores, pero preferí no decir nada. Sobraban las palabras. En un momento me rozó con su mano. Se la cogí y no me la soltó. Me miró con una esperanza tristona. Caminamos mucho rato así. Se escuchaba el rumor de las olas y a los pájaros gritando. Llegamos a la taberna y nos sentamos a cenar.

—Pase lo que pase, me alegro de haber llegado contigo hasta aquí —le dije.

—Siempre estaré en deuda —respondió. Me miró con ternura.

—No quiero que me debas nada. Hemos vivido mucho juntos…

Cuando el camarero trajo las cosas, nos callamos. Seguimos cenando sin hablar.

Se quedó fuera. Me dijo que no tenía sueño. Me duché la primera y me intenté dormir. Dentro no corría una gota de aire. Hacía tanto calor que, al poco de ducharme, ya estaba sudando otra vez. Al rato, Manolo entró en la habitación y se quedó mirándome de pie al lado de la cama. Lo escuché ducharse y se echó a mi lado. Me hice la dormida, aunque tenía los nervios de punta.

Sabía que le gustaba. Como decía Tony Montana en *Scarface*, «los ojos, chico, nunca mienten». Al final, me venció el cansancio y caí rendida. Soñé que me hacía el amor.

MANUEL

El paseo por la playa me había venido bien. Me consolaba contar con Pepa. Sin ella no hubiera llegado hasta allí. Me pregunté qué pensaría Fernando si nos hubiera visto de la mano. Sonreiría esperando el desenlace.

Y, con Irene, ¿qué? Seguía como borracho desde que la había visto. Ahora tenía que curarse, antes de pensar en nada más. Por raro que fuera, su enfermedad nos daba una tregua.

Me tumbé al lado de Pepa. Sentí su calor. Noté que me estaba excitando. Ya tenía bastante, como para eso.

Con las fuerzas que me quedaban, me levanté y salí a respirar. Caminé hasta el ambulatorio. Encontré a Irene dormida en el catre. Miré como su pecho se movía arriba y bajo, rítmicamente. Sus pezones se marcaban como picotas en su blusa empapada. Seguía siendo preciosa... Me senté a su lado y toqué su cara. Estaba ardiendo. Me enterneció verla así. Le hablé en susurros. No quería despertarla.

—Irene, te quiero, aunque no sepa si quiero hacerlo. Querer es también querer curarte. No solo el daño que te hice, sino el que te hiciste o te hicieron. No sé si podré amarte a fondo perdido... No podemos volver como si no pasara nada. Ni por ti, ni por mí. Cuando estés mejor, si te aclaras... quizá pueda hacerlo yo también.

Trataba de ordenar mis pensamientos. Aunque nos queríamos, querer casi nunca es suficiente. No sabía lo que pensaba hacer. Si seguiría o no con Thomas. Tampoco lo que era capaz de hacer yo. Verla me había movido el piso, como dicen, pero... ¿era suficiente para hacer borrón y cuenta nueva? No cabía una solución de emergencia para salir del paso y... ya veíamos más adelante. Habían pasado demasiadas cosas para cerrarlas en falso. Arruinarían nuestra vida, tarde o temprano.

Estaba muerto de cansancio. Me asomé a la playa y me despejé. El viento soplaba con más fuerza y las olas hacían ruido al romper en la orilla. Una barca se balanceaba con fuerza. La noche era clara. Me sentí tan solo como el primer hombre bajo la bóveda infinita del cielo plagado de estrellas. Los ojos se me acostumbraron a la luz. Caminé en el sentido contrario al de la tarde, hasta que no pude más. Además, me daba miedo despistarme. A la vuelta, el pequeño poblado tenía un aire lúgubre. De pronto, se encendió una ventana en la cantina. Me pareció un buen presagio. Me volví a echar al lado de Pepa. La miré y caí dormido.

30.
La vuelta a la ciudad

To die by your side
is such a heavenly way to die

Morrissey y Johnny Marr,
«There is a light that never goes out»

MANUEL

La mujer del tabernero nos avisó. Había amanecido. Fuimos
a recoger a Irene. Estaba despierta. Más fresca, aunque seguía
con décimas. Cuando llegué me sónrió hasta que vio a Pepa
detrás. La miró desconcertada y se giró confundida hacia mí,
aunque dijo todo lo contrario:

—Lo entiendo, Manu.

Le dije que le había pedido que me acompañara a buscarla.
Se repuso y la saludó:

—Hola, Pepa, ¡qué sorpresa!

Pepa se removió incómoda.

—¡Irene! ¿Cómo estás? Hemos venido a recogerte.

No íbamos a empezar con explicaciones. Bastaba con admitir las buenas intenciones de todos. Quizá, por eso, Irene le contestó:

—Muchas gracias por venir. Ya me ves. Mala y a punto de salir de cuentas...

—Te has venido un poco lejos a tener el niño —dijo Pepa, tratando de bromear.

—Sí..., es una larga historia.

En la avioneta bimotor, nos acomodamos en las dos filas de la cabina, detrás de los pilotos. Irene hizo además de quedarse en la fila de atrás, pero Pepa le insistió que se sentara a mi lado. Me preguntó cómo la habíamos encontrado. Se lo conté. Murmuró «pobre Hugo» y se amodorró.

El viaje fue movido. Una bolsa de aire nos tiró para abajo y costó remontar el vuelo. Hubo un inesperado corte de viento. Pero dentro estaba lo peor. Al poco de despegar, empezó a oler a quemado. El motor derecho dejó de funcionar. Nunca me preocupé mucho en los aviones, grandes o pequeños, porque ¿de qué servía? Si pasaba algo grave, sería rápido y, sobre todo, definitivo. Pero no me gustó que los pilotos pusieran cara de preocupación, cuando el otro motor empezó a fallar. Imaginé que Pepa estaba dormida, pero al volverme hacía ella, me miró asustada. Le hice un gesto de que estuviera tranquila, como si fuera lo normal. No lo hizo.

Las montañas cubiertas de selva parecían acercarse. En unos minutos que duraron horas, vislumbramos el Pacífico y la ciudad. Planeamos hasta el aeropuerto. Pepa aplaudió cuando aterrizamos y los pilotos se volvieron agradecidos. También lo habían pasado mal.

Habíamos avisado a Adán que estaba esperándonos. Nos saludó como a viejos amigos. Eficaz y atento, encaró la vía de

España hasta el hospital. Entramos por urgencias. La ingresaron inmediatamente. Desde mi nueva empresa, me habían conseguido una buena habitación.

Después de pasar por la gerencia del hospital, fuimos al hotel a cambiarnos y a comer algo. Cuando volví, Irene dormitaba por efecto de los calmantes. Pepa se había quedado para dejarnos solos. Teníamos tanto de que hablar...

A media tarde, se presentó un médico internista. Me pidió que le acompañara a una sala para informarme. El proceso febril se debía a una grave infección. En el territorio de San Blas, había habido casos históricos de mordeduras de murciélagos hematófagos. Le pondrían la vacuna de la rabia. Tenía bajas las defensas y presentaba síntomas de llevar años hipermedicada. Sonaba como un impasible busto parlante. El doctor confundía la profesionalidad con la ataraxia. No me quedé nada tranquilo.

Al volver, Irene se había espabilado. Me preguntó qué me había dicho el médico. Le dije que iban a hacerle pruebas para saber de qué era la infección.

—¿Y el niño? —preguntó ansiosa.

—Enseguida nos dirán algo.

A última hora vino la ginecóloga, que quería adelantar el parto. Iban a practicarle una cesárea. Había que evitar cualquier daño al bebé. Me dijo que no me preocupara. Que todo iba a ir bien.

—Te ha tomado por el padre —me dijo Irene.

—Bueno. Es lo normal..., que el padre esté aquí con la madre.

—Sí —reconoció apesadumbrada—. No me guardes rencor.

Hablaba en un murmullo con esfuerzo, pero sus ojos brillaban fijos en mí. Conocía bien esa mirada. Una comadrona me dijo que el padre no podía estar presente en la intervención.

No me molesté en aclarar que no lo era. Vino un camillero a trasladarla. Irene me sonrió con ese aire seductor que ni siquiera entonces había perdido. Nos pareció que se paraba el mundo. Me rodeó la cabeza con sus manos y me besó la boca muy despacito. Cerré los ojos y sentí sus labios, calientes y temblorosos, que me sorbían con toda la vida de sus entrañas. Era mi chupito de amor.

—Gracias, Manu...

Se la llevaron. Me quedé solo. Tan solo y tan lejos. ¿Qué hacía en esa habitación? La mujer que quería iba a dar a luz a un niño, que no era mío, aunque lo fuera para todo el mundo. No quise sentarme en la butaca. Tenía que salir de allí. La cosa iba a llevar su tiempo. Fui a por Pepa. No estaba en su cuarto. Apareció con unas bolsas en el restaurante del hotel. Me dijo que había estado de compras. Terminamos de cenar y volvimos juntos.

31.
El eterno retorno

And I don't believe in the existence of angels
But looking at you I wonder if that's true [...]
To make bright and clear your path
And to walk, like Christ, in grace and love
And guide you into my arms
Into my arms, o lord...

Nick Cave, «Into my arms»

MANUEL

Subimos a la habitación y esperamos. Sobre las nueve y media de la noche, entró una enfermera con una cuna.

Me miró y me dijo:

—Felicidades, papá. ¡Es una lindura!

Me acerqué y miré dentro. ¡Era una niña! Una preciosa niña muy blanquita que apenas pesaría dos kilos. Tenía un pelo níveo. Despedía un olor fascinante a bollo de leche. Se movía mucho. Le acerqué la mano y cogió mi dedo índice. Es una estupidez, pero sentí como si me conociera. Soy el antiguo novio de tu madre, pensé. Esperé que no me leyera el pensamiento. Barrunté algo del vínculo que debes tener con los hijos. Algo me unía a esa niña. ¿O solo eran imaginaciones mías? ¿Quién era para mí? La hija de Irene, la que podíamos haber tenido los dos.

Se puso a llorar. Al principio, con un gemido tenue, como si no quisiera molestar. Luego tomó confianza. La cogí en brazos.

Pepa me la quitó y la empezó a mecer.

—¡Qué bonita eres! Eres como tu madre —le dijo.

Me indicó cómo sujetarle la cabeza. La miré sorprendido.

—¿Tú crees que es el primer bebe que he cogido? —me preguntó.

—No sé tú. Yo, si —le contesté.

—¡Ya! Se nota.

Nos sentamos con la niña en el sofá, que se calmó en el regazo de Pepa. La chiquilla había traído el sosiego. Ponía todo en un nuevo contexto de eternidad. Nos sentimos pequeños. Estuvimos callados un momento. Luego nos pusimos a hablar bajito, como para no romper la magia.

Me fijé en las dos mujeres.

—Te queda bien la niña…

—Soy muy niñera.

La enfermera volvió a entrar para llevársela a dormir. Además, había que hacerle algunas pruebas.

—¿Cómo se llama la niña? —preguntó

—Es Irene, ¡como su madre! ¡Qué linda, Irenita! —Pepa contestó.

Le dio a la enfermera las bolsas que traía. Había comprado algo de ropa para el bebe. Le estaría grande, pero ya crecería…

Cuando salió la enfermera, le pregunté:

—¿Irenita?

—¿No te gusta?

—Si, claro que me gusta.

—Bueno, hasta que venga la madre —dijo Pepa.

—Si, eso. Le pega... hasta que venga la madre.

Salí a preguntar cuándo traían a la madre. Las enfermeras no sabían nada. Al rato el médico de guardia nos dijo que Irene no se había despertado todavía. Estaba en la UCI. Lo mejor que podíamos hacer era irnos a dormir.

Llegamos exhaustos al hotel. Demasiadas emociones para un día. En unas horas me habían pasado más cosas que en años. Me acordé de cuando la vida me sabía a poco.

Cerré los ojos y vi a la pequeñaja. Cualquier decisión había que dejarla para mañana, cuando se despertara Irene. Después, quedaba hasta que se pusiera bien. Iba a tardar un poco. No había prisa. Mañana sería otro día.

***

We need to find a way
under the cold blue stars [...]
I wanna thank you
'cause you light up my life

Irene, «By Your Side»

No me quité de la cabeza a Irene y a su hija en toda la noche. A mis dos Irenes... ¿Algún día me dejarían llamarlas así?

Vi a Irene recostada a mi lado en la cama. Abrió los ojos con dulzura y pronunció mi nombre. No podía dejar de mirarla embelesado, mientras la oscuridad desdibujaba sus rasgos, al hacerse más densa. Ronroneaba como en susurros, roncos y suaves, y se volvía a quedar dormida. Acaricié su pelo con devoción. Fui a besarla, pero Irenita se puso a gimotear.

El sonido de mi móvil interrumpió su llanto. Me incorporé sobresaltado. Eran las siete de la mañana. La habitación estaba totalmente a oscuras. Había corrido del todo las cortinas opacas. Contesté, medio inconsciente, con un gruñido el teléfono y tardé unos segundos en discernir quien preguntaba por mí.

Escuché la noticia sin más preámbulos, a bocajarro. Al colgar me desplomé herido en la cama, sepultado bajo una plomiza capa de dolor. Quise figurarme que todo había sido un mal sueño. Me despertaría en nuestra cama de la calle del Pez, aquella mañana de septiembre. Con mi mano tanteé mi lado derecho, donde Irene estaría dormida. Me la habían arrancado de cuajo. Ni siquiera estaba preparado para llorar cuando se me saltaron las lágrimas. Al principio, en silencio, como si quisieran tallar en mi cara las grietas de mi alma. Luego el desconsuelo se convirtió en un gemido gutural que me desgarraba. Era lo único con lo que no podía contar. Me podía haber dejado sin más. No así.

Al rato, me senté en la cama y llamé a Pepa. Vino corriendo y me abrazó con todo su cuerpo, como si quisiera cortar la hemorragia de mis heridas. Repetía, como mi madre, «ea, ea, ea», mientras trataba de mecerme, igual que había hecho con la niña. Me dejó sollozar hasta el agotamiento. Luego se levantó, abrió las cortinas y la habitación se inundó de luz.

En el hospital me dieron las cosas de Irene. Unos papeles en los que había escrito su historia, un faldón blanco para el bebe y unos cuantos dólares. Escuche mi voz hablando con la enfermera, sumido en una atmosfera de irrealidad, como un espectador que presenciara impasible el fin de una vida ajena, aunque fuera su propio funeral.

Entramos a verla. Estaba preciosa, como aquel día de la facultad con su mini vaquera y sus *Converse*. De golpe me inundaron todos los recuerdos, en bruto, desordenados. Volví a contemplarnos riendo frente a nuestro espejo de casa. Me sentí devastado.

—¡Qué guapa eres, prima! —le dijo Pepa.

Se había acabado el tiempo de descuento. También la ilusión de que nunca se terminara.

Le susurré el «Stay» de Jackson Browne: «*I want you stay just a little bit longer*». Por favor, ¡quédate un poquito más! ¿Cuántas veces te lo había cantado cuando te ibas? Tú decías que no todo tenía que acabar mal, aunque tuviera que acabar...

Si me escuchas, Irene, espérame. Iré a verte a un cielo sin oposiciones ni Thomas ni mariannes ni abogados ni clientes... Un cielo donde volveremos a poner todos nuestros discos...

Balbuceé una oración por ella. Dios y yo nunca habíamos perdido del todo el contacto, aunque cada uno hiciera su vida, sin tutearnos. «Ahora Dios necesito que existas de verdad para que cuides de Irene.»

Me había vuelto a topar con la muerte, ese absurdo tan natural, porque, salvo las piedras que no pueden, todo muere. Me acordé con nostalgia de cuando no se moría nadie. No hacía tanto de eso. Se me había muerto Irene con toda la vida por delante. Esta vez moría yo con ella. No podía aceptarlo. No me iba a acostumbrar con el tiempo. Al final, me moriría también y, entonces, nuestra muerte tendría sentido.

Cuando empezamos, me juraste que no te morirías antes que yo... y mira. Nos llenamos de promesas, pero fui el primero en incumplirlas.

Pepa rozaba mi espalda, pegada a mí, aunque con temor a profanar mi duelo. Nos trajeron a Irenita. Me estremecí al verla mirarme con los ojos muy abiertos, haciendo ruiditos para reclamar mi atención, como si me preguntara. La cogí como quien se agarra a su tabla de salvación. En mi pena, sentí un hálito de esperanza. Pepa me miró con ojos acuosos. Se la di y la acunó en sus brazos. Las dos se fueron calmando juntas. Cada una a la otra.

Desde allí llamé al consulado. Había que registrar a Irene. Su muerte y su vida. Había que dejar el hotel. Había que llamar al trabajo. Un día de estos, me daría cuenta de que acababa de pasar página, aunque me costara toda la vida cerrar el libro.

Adán apareció por la puerta, con cara de circunstancias. Me sentí tan agradecido que le di un abrazo. Estuvo unos minutos a mi lado sin decir nada y se marchó.

—Voy a cancelar el viaje de vuelta o a retrasarlo sin fecha —le dije a Pepa.

—Yo tampoco tengo prisa.

—Cancelo el tuyo también, si quieres, Pepa.

—Si..., quiero. Me quedo.

—Si te quedas, prefiero que me llames Manu.

—Lo que tú digas, Manolo.

Canciones citadas

Joe Jackson, «Fools in love», *Look Sharp!*, 1979

Richard Hawley, «Tonight the Streets Are Ours», *Lady's Bridge,* 2007

M. Ward, «Hold Time», *Hold Time,* 2009

Badly Drawn Boy, «A Minor Incident», *About a Boy,* 2002

Nick Lowe and Ian Gomm, «Cruel to be kind», 1979

Michael Skloff y Allee Willis, «I'll Be There for You», The Rembrandts *LP,* 1995

The Smithereens, «In a lonely place», *Especially for You,* 1985

Romero San Juan, «Pasa la vida« Pata Negra, *Blues de la frontera,* 1987

José María Granados, «La buena nueva» *Guárdame Un Sitio,* 2008

Radiohead, «No Surprises», *OK Computer,* 1997

Dan Auerbach and Patrick Carney,

«Lies» The Black Keys, *Attack & Release,* 2008

Mark Oliver Everett, «I Need Some Sleep»

The Eels, *Meet the Eels: Essential Eels 1996-2006 Vol. 1,* 2008

Will Oldham (Bonnie Prince Billy), «My only friend», *Beware,* 2009

Villagers, «The Pact (I'll Be Your Fever)», *Becoming A Jackal,* 2010

Nick Drake, «Pink Moon», *Pink Moon,* 1971

The Flaming Lips, «The Sound of Failure», *At War with the Mystics,* 2006

The Soundtrack of Our Lives, «Broken Imaginary Time», *Behind the Music*, 2001

Matt Johnson, «This Is the Day», The The, *Soul Mining*, 1983

The Allman Brothers Band, «Melissa», *Eat a Peach*, 1972

Tom Petty and the Heartbreakers, *Into the Great Wide Open*, 1991

Ron Sexsmith, «Hard bargain», *Retriever*, 2004

Tracy Chapman, «Fast car», *Fast Car*, 1988

The Church, «Under the Milky Way», *Starfish*, 1988

The Plimsouls, «Oldest Story in the World», *Everywhere at Once*, 1983

Irene, «By Your Side», Long gone since last summer, 2007

Carole King, «You've got a friend», *Tapestry*, 1971

Charles Aznavour y Herbert Kretzmer, «She»

Versión de Elvis Costello, banda sonora de *Notting Hill*, 1999

Alex Chilton, «Holocaust», Big Star *Third*, 1978

Morrissey y Johnny Marr, «There is a light that never goes out»

The Smiths, *The Queen Is Dead*, 1986

Nick Cave, «Into my arms», *The Boatman's Call*, 1997

Hay algunas otras canciones en el texto que también les gustan a Irene y Manuel, pero solo se incluyen aquí las que aparecen al inicio de los capítulos o escenas.

CONCLUYÓ LA IMPRESIÓN DE ESTE LIBRO
EN GRÁFICAS LA PAZ EL 27 DE ABRIL DE 2022.
TAL DÍA DEL AÑO 1961 NACE EN MADRID
NACHO GARCÍA VEGA, CANTANTE, GUITA-
RRISTA Y COMPOSITOR, FUNDADOR JUNTO
A SU PRIMO ANTONIO VEGA DE NACHA POP,
CONSIDERADA COMO UNA DE LAS BANDAS
MÁS SEÑERAS DE LA MOVIDA MADRILEÑA.